KB141804

오늘 밤 앱을 열면

오늘의 청소년 문학 32

오늘 밤 앱을 열면

김하은 소설집

다른

+ 차례 +

배신자들

김민정은 박미래를 '영혼의 단짝'에서 '배신자 2'로 수정했다.

치즈케이크를 앞에 두고, 우리 우정은 영원하리라고 맹세하던 미래였다. 그때 민정과 미래는 휴대폰에 서로를 '영혼의 단짝'으로 저장했다. 민정에겐 미래가, 미래에겐 민정이 그 누구보다 잘 맞았다. 그랬던 영혼의 단짝이, 치즈케이크가, 모래성처럼 와르르 한순간에 무너졌다. 지난주 금요일에 눈치챘어야 했다.

민정과 미래는 일주일에 한 번씩 닭갈비를 먹었다. 둘이서 닭갈비 3인분에 떡 추가, 치즈 추가, 볶음밥 2인분을 먹고 디저트 카페로 갔다. 디저트로 조각 케이크를 한 개씩 먹으면 일주일 동안 쌓인 스트레스가 사르르 녹았다. 민정은 미래와 닭갈비를 먹는 금요일 저녁을 일주일 내내 기다렸다.

지난주 금요일, 미래가 닭갈비를 같이 못 먹겠다고 했다. 바쁘다면서 아쉬워하던 미래는 입맛까지 다셨다. 그런데 이번 주에도 안 된다고 했다.

"도대체 무슨 일인데?"

"그냥……."

민정은 미래가 하는 말을 잘못 들었나 싶었다. 그러나 다시 물어봤을 때, 미래는 눈길을 피했다. 민정은 기가 막혔다. 다른 사람은 몰라도 미래가, 영혼의 단짝이 닭갈비를 안 먹겠다니! 게다가 그냥? 그냥이라고? 뭔가 미심쩍었다.

"그럼 토요일에 갈까? 그날은 학원 안 가잖아."

"나, 닭갈비 안 먹을 거야."

"뭐?"

"치즈케이크도……."

"뭘 안 먹는다고? 진심이야?"

"순도 100퍼센트 진심."

"왜?"

"다……."

미래가 '다'라는 음절을 내뱉는 순간, 민정은 제발 그 말만은 아니길 바랐다. 미래의 입술을 바라보며 '안 돼, 하지 마. 그러지 마'라고 빠르게 주문을 외웠다. 그러나 미래는 기어이 그 단어를 꺼냈다.

"다이어트할 거야. 마헬이……."

민정은 하, 짧게 숨을 내뱉었다. 민정이 초콜릿케이크와 치즈케이크 중에 어떤 걸 먹을까 고민할 때, 닭갈비를 먹은 뒤 볶음밥과 열무냉면 중에 뭘 선택할지 고민할 때, 미래는 하나씩 시켜서 반씩 나눠 먹자고 했다. 그건 민정과 미래, 둘 다에게 좋은 선택이었다. 지금까지는 그랬다.

"하!"

민정은 단전에서 끌어올린 숨을 한 번에 뱉어 내고는 뒤돌아섰다. 당황한 미래는 입을 닫았다.

그러고 보면 얼마 전부터 매점에 가자는 제안에 미래가 이런저런 핑계를 대면서 빠져나갔는데, 민정은 눈치를 못 챘다. 가슴이 답답했다. 눈앞으로 닭갈비, 떡볶이, 튀김, 햄버거, 핫도그, 대패삼겹살, 돼지갈비, 순대볶음, 망고 빙수, 카스텔라, 푸딩 등 온갖 음식이 휙휙 지나갔다. 미래와 같이 먹을 때는 뭘 고를지 고민하는 시간이 짧았다. 둘 다 시켜서 나눠 먹었으니까. 그런 점에서 미래와 민정은 죽이 잘 맞았다.

말이 쉽지 다이어트는 길고 지루한 싸움이었다. 수많은 유혹과 시간을 이겨 내야 도달할 수 있는 목표였다. 몸무게 5킬로그램을 줄이는 것보다 차라리 수학 문제집을 한 단원 더 푸는 게 낫다.

미래는 닭갈비를 두 번 거절했고, 매점을 여덟 번 거절했다. 가끔 '마헬'을 들먹였고, '은코'와 '새코'라는 이름도 언급했다. 그게 뭐든 전에는 들어 본 적 없는, 기분 나쁜 단어였다. 민정은 미래가 하는 생각까지 꿰뚫어 볼 정도로 가까웠는데, 다이어트를 한다고 선언한 순간부터 미래의 마음이 보이지 않았다. 지옥 같은 고등학교 생활도 미래와 함께라면 잘 견딜 수 있으리라 믿었다. 수많은 암기와 문제 풀이와 시험이 주는 스트레스도 사라지게 하리라 철석같이 믿었다.

"배신자……."

눈물이 고였다. 휴대폰에서 미래의 이름을 '영혼의 단짝'에서 '배신자 2'로 수정하는데 손이 부들부들 떨렸다. 민정에게 다이어트는 '배신자 1'로 시작되었고, '배신자 2'로 이어졌다.

닭갈비를 먹을 때는 익기 무섭게 젓가락으로 집던 재미가 사라졌고, 초콜릿케이크와 치즈케이크 중 하나를 고를 때는 앓는 소리가 입에서 새어 나왔다. 뭘 먹을지 고민하며 미래와 주고받던 말들이 그리웠다.

민정에게 미래는 친구 이상이었다. 그런 미래를 '배신자 2'로 그냥 둘 수는 없었다. 더 늦기 전에 바로잡아야 한다. 더 늦으면 미래와 완전히 멀어질 수도 있다. 계획을 제대로 세워야 했다. 실패하면 좋았던 둘의 사이가 끝장날 수 있다. '배신자 1'이 그랬듯이…….

민정은 휴대폰 메모장에 미래가 좋아하는 음식을 쓰기 시작했다. 삼촌 닭갈비, 할머니 손칼국수, 삼겹살 무한 제공 뷔페, 달콤 마왕 케이크, 겨울왕국 빙수, 깍둑 스테이크, 숯불갈비 김밥,

땡초 라면, 핫 떡볶이, 바사삭 튀김, 쫀쫀 꽈배기, 핑크 연어 초밥……. 미래는 민정보다 입맛이 까다로웠고, 음식을 잘한다는 집은 꼭 찾아가서 먹곤 했다. 덕분에 민정도 어느 가게에서 파는 떡볶이가 더 매콤한지, 어느 빙수가 과일 토핑이 더 많이 올라가는지 알게 되었다.

새로운 가게와 음식을 추천하는 글이 인터넷에 넘쳐났다. 민정은 유튜브를 검색했다. 검색한 지 사흘 만에 유튜버 '하늘 냄새'를 알게 되었다. 하늘 냄새가 찍은 브이로그는 인기가 꽤 높았다. 하늘 냄새는 광대뼈까지 오는 가면을 쓰고 있었다. 민정은 눈빛을 반짝였다.

"그래, 이거야!"

하늘 냄새가 맛에 반했다며 포크를 부지런히 놀렸다. 하늘 냄새는 편의점에서 살 수 있는 최고의 사치라고 표현했다. 적당한 가격에 맛이 최상이라며 한 입 먹을 때마다 칭찬을 쏟아 냈다. 산딸기 치즈케이크, 미래가 좋아하는 산딸기와 치즈의 조합이다! 민정은 메모장에 꾹꾹 눌러 썼다.

민정은 등교하면서 케이크 한 조각을 샀다. 역시 하늘 냄새의 미각이 옳았다. 달콤하면서 깊이가 있고, 부드러우면서도 쫀득했다. 주머니에서 작은 유리병을 꺼냈다. 복숭아를 좋아하는 민정에게 미래가 복숭아잼을 덜어 준 병이다. 새끼손가락보다 짧고, 꽉 쥐면 손바닥으로 감쌀 수 있는 꼬마 병. 민정이 먹어 본 최고의 복숭아잼이 그 병에 담겨 있었다. 민정은 유리병에 작게 자른 케이크를 넣고 뚜껑을 닫았다. 그러고는 흔들릴세라 유리병을 주머니에 넣고 손에 쥔 채 교실로 들어섰다.

"박미래, 샘플이야."

민정은 미래 손에 유리병을 건넸다. 미래는 갑작스러운 민정의 행동에 깜짝 놀랐지만, 병에 든 케이크를 보자 눈을 크게 떴다.

"이게 뭐야?"

"그냥, 아침에 먹다가……."

미래의 목젖이 꿈틀거렸다. 민정은 케이크를 보자마자 반응하는 미래의 침샘이 반가웠다.

"나 다이어트한다니까."

"알아. 그래서 샘플이라고 했잖아."

민정은 이해한다는 듯 활짝 웃으며 손바닥을 흔들었다. 한 입만, 딱 한 입만 먹어 보라는 권유에 미래는 못 이기는 척 뚜껑을 열었다. 산딸기 냄새가 병 밖으로 터져 나왔고, 미래는 병 입구에 코를 갖다 댔다.

'어서 먹어, 어서 먹으라고.'

민정은 주먹을 꽉 쥐고 주문을 외우며 지켜보았다. 미래가 병을 입에 대고 흔들었다. 그러고는 케이크 조각을 씹었다.

"이거 어디서 샀어?"

민정은 옳다구나 싶은 마음을 들키지 않으려고 흘러나오는 웃음을 참았다.

"다이어트한다며?"

"다이어트는 다이어트고, 어디서 샀는지 알려 줘."

"이따 같이 가면……."

"좋아."

미래가 흔쾌히 승낙했다. 민정은 뒤돌아서서 '예스'라고 입술을 달싹였다. 미래가 거부할 이유가 없었다. 다이어트 때문에 먹방 유튜브까지 멀리했을 테니 하늘 냄새를 모르는 게 분명하고, 케이크를 어디서 파는지도 모르는 게 당연했다.

미래가 케이크를 한 입 먹게 되면 한 입은 두 입을 부르고, 두 입은 한 조각을 통째로 먹게 하고, 그러다 보면 다이어트는 물 건너갈 것이다. 그렇게 미래는 다시 민정의 단짝이 되고, 금요일마다 함께 닭갈비를 먹게 될 것이다. 민정의 입가에 웃음이 흘렀다.

미래와 편의점으로 같이 가면서 민정은 자꾸 폴짝폴짝 뛰었다. 오랜만에 미래와 같이 음식을 사러 가는 길, 세상이 다 자기편 같았다. 그동안 서먹서먹했던 둘 사이가 다시 가까워지는 건 시간문제였다.

"어서 오세요."

문이 열리자 심드렁한 말투로 편의점 점원이 인사했다. 앞장섰던 민정은 제자리에 섰고, 뒤따르던 미래는 민정의 등에 부딪혔다. 코를 박은 미래가 아프다고 투덜거렸는데, 민정에게는 그 소리가 잘 들리지 않았다. 계산대에서 인사를 한 점원도 민정을 알아보았다. 점원이 한쪽 입꼬리를 슬쩍 올렸다.

부풀었던 마음이 한 번에 가라앉았다. 민정은 인상을 구기고 계산대에서 멀어졌다. 미래가 산딸기 치즈케이크 값을 계산하고 테이블에 앉으려 하자 민정이 고개를 가로저었다.

"밖에서 먹자."

"밖에서? 왜?"

"난 밖이 더 좋아."

민정은 꾸물거리는 미래를 뒤로하고 문 앞으로 갔다. 점원이 민정에게 말했다.

"오늘부터 여기서 알바해."

"누가 뭐래?"

"자주 와."

"됐어!"

오전에는 없었으니 오후 알바인 모양이다. 민정은 문을 세게 밀고 나가서 바깥 테이블에 앉았다. 뒤따라 나온 미래가 옆자리에 앉았다.

"누군데?"

민정이 한숨을 쉬었다.

"김민지. 언니야."

민지는 배신자 1호이기도 했다.

민지는 아랫집에서 먹는 치킨 브랜드를 맞힐 정도로 후각이 예민했다. 자다가 벌떡 일어나서 저 치킨을 꼭 먹고 싶다고 민정을 부추겼고, 그러면 민정은 옳다구나 하면서 아빠를 졸랐다. 엄마는 한창 클 나이에 치킨이 먹고 싶은 건 당연하다며 흔쾌히 카드를 긁었다. 아빠가 엄마에게 당신은 그만 커도 된다고 농담을 하면, 셋이 깔깔 웃으며 치킨을 뜯었다.

그랬던 민지가 갑자기 원 푸드 다이어트를 한다고 했다. 그게 뭐냐는 민정의 질문에 민지는 시큰둥한 표정으로 한 가지 음식만 먹는 다이어트라고 했다.

"정말 그러면 살이 빠진대?"

"당연하지."

말을 덧붙이려던 민지는 마침 걸려 온 전화를 받으러 방을 나갔고, 민정은 민지가 남기고 간 '원 푸드'라는 말에 꽂혔다. 한 가지 음식만 먹으면 살이 빠진다니! 그러고 보니 민지 얼굴이 약간 해쓱해진 것 같았다.

민정은 원 푸드 다이어트에 집중했다. 슬쩍 민지를 살피니 종일 포도만 먹는 것 같아 첫째 날은 포도만 먹었다. 그런데 저녁때부터 기운이 없어서인지 소리가 잘 들리지 않았다. 의자에서 일어나다 휘청거리던 민정은 민지가 한 말을 되짚었다. 분명히 한 가지 음식만 집중해서 먹는다고 했다. 둘째 날부터 음식을 바꾸었고, 민정은 원 푸드 다이어트를 사랑하기로 마음먹었다. 하루에 음식 한 가지를 정해서 그것만 먹어도 살이 빠진다니, 이런 놀라운 다이어트가 있다니!

하루에 한 가지 음식만 먹으려니 급식을 건너뛰어야 했다. 수업을 마치자마자 재빨리 뛰어나가 고픈 배를 매일 다른 음식으로 채웠다. 아침보다 홀쭉해진 배를 두드리면서, 진정한 다이어트란 이런 것이라며 만족해했다.

원 푸드 다이어트를 한 지 일주일 만에 민지가 쓰러져 병원에 실려 갔다. 일주일 내내 포도만 먹은 민지는 볼이 홀쭉했고 배가 납작했다. 민정은 고개를 갸웃거렸다. 같은 원 푸드 다이어트를 했는데 민지는 살이 눈에 보일 정도로 빠졌고, 자신은 배가 더부룩하고 몸이 무거웠다.

아빠는 쓰러진 민지를 안쓰러워하면서 당장 다이어트를 그만두라고 소리쳤다.

"거봐, 내가 적당히 하랬잖아. 그냥 먹어. 넌 딱 보기 좋아!"

민지를 다그치던 엄마가 심각한 표정으로 의사에게 물었다.

"혹시 영양실조인가요?"

"아뇨, 농약 중독입니다. 환자분이 포도만 드셨다던데, 깨끗이 안 씻으셨나 봐요. 그리고 이런 다이어트는 권하지 않습니다."

의사는 덤덤하게 말했다. 민정은 자신도 원 푸드 다이어트를 했는데, 위험한 거냐고 다급하게 물었다. 민정은 민지가 드러누운 침대 옆에 자신도 곧 누울 것 같아 조마조마했다. 의사는 민정에게 무엇을 먹었냐고 물었다. 민정이 먹은 음식들을 듣더니 의사가 눈살을 찌푸렸다.

"떡볶이, 피자, 치킨, 햄버거, 라면, 파스타……. 그걸 하루에 한 가지씩 먹었다고요?"

"네, 배부를 때까지요."

"그게 다이어트인가요? 몸을 망치려고 작정한 게 아니라면, 절대 그렇게 드시면 안 됩니다."

민정은 의사의 야단치는 듯한 말투에 깜짝 놀랐다. 일주일 동안 원 푸드 다이어트를 했는데, 그게 잘못된 방법이라니!

문제는 그다음부터였다. 원 푸드 다이어트를 끝내자 민정의 살이 겁날 만큼 붙었다. 허리띠 구멍은 하나 더 늘었고, 교복 치마는 허리를 풀 수 있을 만큼 풀어야 했다. 그러고도 숨쉬기 불편해서 웬만하면 체육복 바지를 입고 버텼다. 요요 현상이 나타났다며 걱정하는 민정에게 민지는 다이어트를 제대로 하지 않았는데 무슨 소리냐며 지나가듯 말했다. 민정은 속이 상했다. 이 모든 일의 원인은 민지가 원 푸드 다이어트 방법을 제대로 알려 주지 않았기 때문이다. 민정은 화를 풀기 위해 달달한 간식들을 야금야금 먹었다. 마카롱을 먹고, 조각 케이크를 먹고, 초콜릿을 먹었다.

살이 빠진 민지는 긴 생머리에 스키니 진을 입고 다녔다. 남자친구도 생겼고, 길에서 전화번호를 달라거나 만나자거나 하는 말도 자주 들었다. 그야말로 인기 폭발이었다.

민지의 예민한 후각은 여전했지만 더는 치킨 브랜드를 맞히지 않았다. 그 대신 비누나 향수 브랜드를 맞혔다. 치킨을 먹는 대신 찜닭을 조금만 먹었다. 민정이 치킨을 먹자고 꼬여도 절대 넘어오지 않았다.

"너도 다이어트해. 삶이 달라진다니까."

민정은 민지가 한 충고에 치를 떨었다. 애초에 민지가 원 푸드 다이어트라는 말을 흘리지 않았다면 요요 현상에 시달리지 않았을 것이다. 민정은 휴대폰에 '울 언니'로 저장된 민지를 '배신자 1'로 고쳤다. 그리고 민지가 하는 말을 더는 귀담아듣지 않았다.

산딸기 치즈케이크로 미래를 유혹하는 데 성공했다. 하지만 딱 거기까지였다.

"난 다음번 치팅 데이 때 먹을 거야."

"뭐? 그게 언젠데?"

"2킬로그램 빠지고 나면."

"헐……."

2킬로그램이 몸에서 빠져나가려면 민지처럼 포도만 먹거나 굶어서 쓰러질 정도가 되어야 한다. 삼겹살 2킬로그램을 먹으라면 앉은자리에서 뚝딱 먹을 수 있지만, 살을 2킬로그램 빼는 건 생각만 해도 끔찍했다. 민정은 실패했던 원 푸드 다이어트를 떠올렸다. 남학생들이 민정에게 뚱뚱하다고 놀려도 그러려니 했다. 그런데 민지에 이어 미래까지 다이어트를 한다니, 이 넓은 우주에 혼자 남은 듯했다.

"결국 너도……."

"무슨 말이야?"

"있어, 그런 게."

배신자와는 더 말을 섞으면 안 된다. 민정은 매몰차게 뒤돌아섰다.

그러나 곧 후회했다. 절친인 미래와 멀어지면, 민정에겐 남는 사람이 없다. 누군가에겐 단순히 음식이겠지만, 민정에게 음식은 미래와 같이 나눈 추억이고 우정이었다. 척 하면 착, 합이 잘 맞던 민지가 갑자기 배신자가 된 것은 민정에게 큰 상처를 남겼다. 민정이 민지에게 말을 걸지 않을 무렵부터 민지도 민정 근처로 오지 않았다. 살을 빼기로 한 다음부터 민정을 멀리하는 건 민지와 미래 둘 다 비슷했다. 배신자들에게 민정이 요주의 인물로 찍힌 듯했다.

민정은 우울했고, 우울한 만큼 달콤한 먹을거리를 찾았다. 그래도 희망을 놓칠 수는 없었다. 미래가 치팅 데이를 언급했으니, 그때가 되면 같이 먹을 수 있다. 그런데 왜 살을 빼려고 하는 걸까? 지금도 딱 보기 좋은데. 민정은 미래의 통통한 볼살이 좋았다. 폭신한 손등을 사랑했다.

'어째서? 도대체 왜?'

민정은 사탕을 입에 물고 미래를 지켜보았다. 미래는 밥을 전에 먹던 양의 반만 먹었고, 잘 먹지 않던 채소 반찬을 먹었다. 그리고 매점으로 가던 발길을 뚝 끊었다. 같이 음식을 먹는 것만 하지 않을 뿐이지 미래는 여전히 민정에게 살가웠다. 미래네 강아지 꼬미가 재롱을 부리는 영상을 보여 주고, 새로 산 볼펜을 써 보라고 빌려줬다. 그런데도 민정은 성에 차지 않았다. 미래와 더 자주, 더 많이 같이 있고 싶었다.

미래가 갑자기 변한 이유를 찾고 싶었다. 월, 수, 금요일에는 미래가 더 바빴다. 수업이 끝나자마자 후다닥 뛰어나갔다. 도대체 무슨 일일까? 어디를 가는 걸까? 민정은 미래의 뒤를 밟았다. 미래가 가는 방향에는 민정을 사로잡는 것들이 많았다. 닭꼬치, 브리오슈, 버블 밀크티 가게가 냄새와 색으로 유혹했다. 닭꼬치 냄새는 강렬했고, 브리오슈 냄새는 달콤했다. 못 보던 밀크티 메뉴가 간판에 가득 써 있어서 그냥 지나치기 힘들었다. 그러다 두 번 미래를 놓쳤지만 끝내 미래가 들어가는 건물을 확인했다. 미래가 말총머리를 찰랑거리며 계단을 올라갔고, 3층 문을 열고 들어갔다. 유리문에 '마지막 헬스'라는 간판이 붙어 있었다.

"이름 참, 극단적이네."

민정은 문밖에서 쓱 훑어보고는 계단을 내려왔다. 원 푸드 다이어트를 하거나 생으로 굶는 민지와 달리, 미래는 운동까지 하고 있었다. 이 정도면 민지보다 배신의 정도가 더 강했다. 미래를

'배신자 1'로 바꿔야 하나, 아니면 그냥 '배신자 2'로 둬야 하나 고민스러웠다. 민정은 미래와 서먹해진 관계를 뒤엎을 기회를 노리고 있었다. 그 기회가 점점 미뤄지리라고는 상상도 못했다.

겨울 방학이 끝나 갈 무렵, 등교가 미뤄졌다. 신종 코로나바이러스 감염증, 코로나19가 전국을 강타하면서 산발적으로 발생하던 환자 수가 급격하게 늘었다. 직장에서 퇴근하고 집으로 돌아온 엄마와 아빠, 알바를 마치고 돌아온 민지는 현관을 통과하자마자 곧바로 화장실에 가서 손을 씻었다. 민정도 불안해서 자주 손을 씻었다. 하도 씻어서 손이 바짝 마를 정도였다.

"집에만 있었어?"

아빠와 엄마가 번갈아 물었다. 민정은 고개를 끄덕였다.

"안 답답해?"

민지가 물었다. 이번에는 고개를 가로저었다. 사실은 몹시 답답했고, 밖에 나가 돌아다니고 싶었다. 불안을 잠재우고 달래는 데는 간식이 최고다. 냉장고 문을 한 시간에 한 번씩 열었다. 꽁꽁 언 떡을 해동해 먹거나 시리얼에 우유를 말아 먹었다. 삼시 세끼와 간식을 챙겨 먹다 보니 잠들 때쯤이면 배가 더부룩했고 다리도 무거웠다. 그래도 먹는 걸 멈출 수는 없었다. 낮엔 늘 혼자 있었고, 집이 아닌 바깥에서 벌어지는 비현실적인 일들이 언제 어느 때 집으로 침범할지 몰라 두려웠다. 민정은 마스크를 사러 약국에 가고, 간식을 사러 편의점에 가는 것 외에는 집에서만 지냈다.

미래와 메시지를 주고받을 때는 혼자 있다는 생각을 덜 수 있었다. 둘이 나누는 메시지에도 바이러스 이야기가 중심이 되었다. 가족들이 집으로 돌아올 때마다 불안하다, 집 밖을 나가는 게 무섭다, 목이 간질간질하기만 해도 바이러스에 감염된 게 아닐까 걱정된다, 재채기를 마음 놓고 할 수 없다…….

언제 케이크를 먹을 수 있느냐고 묻고 싶었는데, 미래가 보내는 메시지에는 몸무게나 케이크 이야기는 쏙 빠져 있었다. 2킬로그램이 빠졌을까? 혹시 더 늘어났을까?

'마스크 사러 약국 가는 날, 만날까?'

민정이 미래에게 메시지를 보냈다. 분명히 읽었는데 답이 없었다. 이런 경우는 처음이어서, 민정은 한 시간 넘게 메시지를 기다렸다. 방학 전에 차갑게 대했던 게 앙금으로 남았을까? 설마 미래가 그 정도로 쪼잔할까? 머릿속이 어지러웠다.

'박미래, 무슨 일 있어?'

'미래, 어디 아프니?'

'제발 답장 좀.'

'미래야?'

'똑똑!'

메시지 다섯 개를 보내는 동안, 미래는 잠잠했다. 처음에는 바쁜가 보다 했다가, 그다음에는 삐졌나, 화났나, 섭섭한가, 별의별 고민을 다 했다.

오후 9시가 넘어서야 미래가 답을 보냈다.

'나중에 말해 줄게.'

그게 다였다. 민정은 휴대폰을 내려놓고 냉장고에서 얼음을 꺼내 와작 씹었다. 나중이라니, 이제 미래에게 민정은 첫 번째 우선순위가 아니었다. 그보다 더 중요하고 급한 것이 생겼다!

학교에 가지 않으니 미래가 어디에서 무엇을 하는지 알 길이 없었다. 미래는 전화도 받지 않고, 메시지에도 답하지 않았다. 민정은 마스크를 끼고 오랜만에 밖으로 나왔다. 약국에서 마스크를 사고, 미래의 집으로 갔다. 벨을 눌렀지만 대답이 없었다. 학원 문도 닫혔으니 남은 곳은 딱 하나, '마지막 헬스'뿐이었다.

3층을 올라오느라 숨을 헐떡이던 민정은 '마지막 헬스' 문에 붙은 포스터에 눈길을 돌렸다.

'회원 여러분께 알립니다. 당분간 헬스장 문을 닫습니다. 앞으로도 운동을 이어 가시길 바라며, 저희가 만든 콘텐츠가 올라갈 클래스를 알려 드립니다. 회원님들은 특별히 할인된 가격으로 모십니다.'

포스터 아래쪽에 QR 코드가 있었다. QR 코드를 찍기 전에 애플리케이션, 앱을 깔아야 한다는 설명도 붙어 있었다. 민정은 앱을 깔고 휴대폰으로 코드를 찍었다. 띠링 소리와 함께 동영상이 재생되었다. 그리고 '마지막 헬스, 회원 전용 쿠폰'이라는 알림창이 떴다. 3만 원 할인 쿠폰이었다. '이 쿠폰은 3개월 이상 수강할 때 사용할 수 있습니다'라는 문구가 있었다.

첫 동영상은 무료였다. 영상에 활기찬 음성이 흘러나왔다.

"안녕하세요, 마헬 여러분!"

마헬, 언젠가 미래가 흘렸던 단어다. 민정은 입술을 꼭 깨물었다. 미래와 연결된 단서였다. 민정은 영상에 집중했다.

박새도와 이은별, 두 명의 코치가 온몸을 이리저리 움직이며 뛰었다. 5분 뒤에 박새도 코치가 하기 싫다고 투정을 부렸다. 그러자 이은별 코치가 "새코! 할 수 있잖아!" 하고 달랬다. 다시 5분이 지나자 이은별 코치가 제자리에 우뚝 섰다. 이번에는 박새도 코치가 "은코! 아까는 혼자 다 할 수 있다더니, 이러면 나 혼자 해야잖아요!"라고 투덜거렸다. 운동이 직업인 사람도 운동이 싫거나 힘들 수 있구나, 민정은 새로운 세계를 보는 것 같았다.

댓글을 죽 내리던 민정은 미래가 쓴 글을 발견했다. '슈가 로니', 미래의 아이디였다.

'요즘 힘들었는데, 코치님 때문에 며칠 만에 처음 웃었어요. 멈추지 않고 계속할게요, 아자!'

민정은 그다음 댓글을 읽고 싶었다. 하지만 다음 댓글을 읽으려면 영상을 재생해야 하는데, 유료 콘텐츠였다. 남은 용돈을 탈탈 털어도 모자랐다. 이번 달에 마카롱을 많이 샀기 때문이다. 저금통을 깨고, 집에 굴러다니는 동전들을 긁어모았지만 여전히 모자랐다.

"5만 원만 빌려줘."

결국 민지에게 손을 벌렸다.

"빌려주면, 갚을래?"

민지는 오랜만에 말을 건 민정이 돈을 빌려 달라고 하자 당황했다. 그러나 사이가 좋든 나쁘든 돈 문제가 얽히면 확실한 게 우선이었다.

"갚을게. 한 달에 5천 원씩."

"너무 오래 걸리는데……. 한 달에 만 원은 안 되겠어? 나도 컴퓨터 바꾸려고 돈 모으고 있거든."

"내 용돈이 얼만데!"

민지가 피식 웃었다.

"나한테 돈 빌려 달라는 걸 보니 꽤 급한가 보다, 알았어. 한 달에 5천 원씩 꼭 갚아. 다음 달부터!"

민지가 휴대폰 메모장에 '김민정, 5만 원 빌려 감'이라고 썼다. 민정이 갚을 때마다 금액이 깎일 것이다. 민정은 드디어 마헬 회원 등록을 했다.

'어서 오세요, 회원님은 마헬을 3개월 동안 이용하실 수 있습니다. 공지 사항을 잘 읽어 주시고, 필요한 준비물을 미리 챙겨 주세요.'

메시지를 받은 민정은 신중하게 다음 영상을 재생했다. 그리고 운동을 따라 하는 대신 미래가 쓴 댓글을 찾아보았다. 이번에도 미래는 울적한 글을 남겼다. 그리고 미래가 남긴 글에 코치가 댓글을 달았다. 아홉 번째 영상 댓글에 미래는 밤새 울었다고 했다. 그런데도 아침에 운동을 했다며 인증 숏을 남겼다.

'아유, 저런. 슈가 로니 님, 옆에서 얼마나 힘드실지……. 괜찮을 거예요. 제가 응원할게요.'

'그렇겠죠? 코치님이 응원하시니 힘이 나요.'

민정은 휴대폰 화면을 껐다. 민정이 미래와 데면데면하게 지내는 사이에 미래에게 분명 무슨 일이 생겼다. 코치는 사정을 아는 것 같은데, 민정은 모른다. 미래에게 제대로 배신당했다.

등교는 계속 미뤄졌다. 미래는 여전히 이유를 알려 주지 않았다. 대신 '마지막 헬스'에는 댓글을 달았다. 힘든 상황은 나아지지 않았고, 미래는 안간힘을 써서 밝아지려고 애쓰고 있었다. 민정은 '배신자 2'인 미래를 두고 보았지만, 시간이 지날수록 마음이 무거웠다. 미래는 일주일에 닷새를 운동했고, 꼬박꼬박 인증 숏을 남겼다. 그런데 배경 사진이 낯설었다. 미래네 거실이나 방이 아니라 휑하고 차가운 느낌이 드는 곳이었다.

무슨 일인지 알고 싶었지만 조언을 구할 사람이 적당하지 않았다. 미래와 목소리를 높이며 싸우더라도 직접 물어보는 게 좋을 텐데……. 그때 민정은 민지가 SNS를 닫기 직전에 남긴 마지막 메시지를 떠올렸다. 어쩌면 열쇠를 가까운 곳에서 찾을 수 있을지도 모른다.

"궁금한 게 있는데……."

로션을 바르던 민지가 고개를 돌렸다.

"너 요새 부쩍 나한테 친한 척한다?"

비아냥거리는 민지의 말투에 민정은 기분이 상했지만 꾹 참았다. '배신자 2'를 제자리로 돌려놓기 위해서라면 이 정도 희생은 감수해야 한다.

"그때, 포도 다이어트할 때……."

민지가 떫은 감을 씹은 듯 입술 근육을 찡그렸다.

"그 이야기는 왜 꺼내?"

"포도 다이어트할 때, 진짜 힘들어했잖아."

"그러니까 그걸 왜 묻냐고!"

민지의 말투가 뾰족해졌다.

"내 친구가 다이어트를 한다더니 나랑 연락을 잘 안 해. 그리고 무슨 일인지 힘들다는 글만 자꾸 올려. 꼭 포도 다이어트할 때 너 같아서……."

"그때 편의점에 같이 온 친구?"

민정은 고개를 끄덕였다. 민지의 표정이 복잡해졌다. 둘은 한 방을 같이 쓰지만 몇 년 동안 차갑고 데면데면한 관계로 지냈다. 사이가 좋았던 두 사람을 멀어지게 한 것도 원 푸드 다이어트였다. 민정도 민지에게 화가 나 있었지만, 민지가 먼저 피했다. 민지가 무슨 생각을 하는지 알 수 있었던 SNS도 그즈음에 중단되었다. 민지가 SNS를 닫기 직전에 남긴 메시지는 '개힘듦'이었다. 검은색 바탕화면에 흰 글씨로 쓴 '개힘듦'을 보고 민정은 콧방귀를 뀌었다. '그러게, 누가 다이어트하래? 웃기시네.' 하고 속으로 무시했다. 그런데 미래가 힘들다고 남긴 낱말이 민지가 쓴 메시지와 닮았고, 이번에는 무시할 수 없었다.

"너랑 친한데도 말 못 하는 걸 보면, 복잡하거나 창피하거나……."

"언니는 어느 쪽이었는데?"

'언니'라는 말에 민지가 코를 찡긋거렸다. 그리고 민정을 물끄러미 쳐다보았다. 태도는 진지했고, 눈빛에는 걱정이 가득했다. 그래서 민지는 처음으로 이유를 털어놓았다.

"진짜 알고 싶어?"

"응, 진짜."

몇 년 동안 민정은 민지에게 화가 나 있었다. 요요 현상 때문에 힘들다고 화를 내는 민정에게 민지는 오히려 더 짜증을 부렸다. 누가 따라 하라고 했느냐며 그악스럽게 소리를 지르는 민지에게 오만 정이 다 떨어졌다. 정말 그랬다. 그런데 몇 년 만에 민지가 왜 그랬는지 궁금해졌다. '개힘듦'이라는 글을 남겼을 때 민지에게 어떤 일이 있었는지 알고 싶었다.

"내가 좋아한 남자애가 있었어. 치킨을 같이 먹고, 잘 사 주더라고. 유독 나한테만 그러니까, 걔도 날 좋아하는 줄 알았지. 그런데 그게 아니었어. 날 신기하게 생각했더라고. 자기보다 많이 먹는 여자는 처음 봤다나. 어디까지 먹는지 보자는 심보였대. 친구한테 말하는 걸 우연히 들었어. 날 음식물 분리 수거통이라고 부르더라."

"뭐? 그게 할 소리야?"

"그래서 기를 쓰고 살을 뺐지. 먹고 싶어도 참고 굶었어. 그랬더니 연락을 안 하더라. 내가 싫어진 거냐고 물었더니 더는 신기하지 않다고 하더라."

"그런 놈 때문에 그렇게 힘들어했다고? 언니 바보야?"

"그 새끼, 애들하고 내기도 했더라. 내가 앉은자리에서 피자 몇 판까지 먹을 수 있는지……."

"미친 새끼네. 똥 밟았네, 똥 밟았어. 그냥 신발 씻듯이 싹 잊어버려."

흥분한 민정의 말에 민지가 키득거렸다.

"너, 내 동생 맞구나. 편들어 주니까 좋네."

아르바이트하러 가야 한다며 옷을 갈아입던 민지가 티셔츠에 팔을 끼우다가 입을 열었다.

"편의점에 레드벨벳 초콜릿케이크가 신상으로 나왔는데, 걔 좋아하려나?"

"레드벨벳?"

“노, 노! 레드벨벳 초콜릿케이크라니까. 진열하기 무섭게 팔려.”

“몇 시에 들어오는데?”

신발을 신는 민지 옆에서 민정이 종알거렸다. 한쪽 발을 신발에 넣고 다른 쪽을 마저 신던 민지가 문자로 알려 주겠다며 문을 쾅 닫았다. 문밖에서 뛰어가는 발소리가 들렸다. 민정과 이야기하느라 출근할 시간에 늦은 모양이었다.

오후 늦게 민지가 케이크가 도착했다는 문자를 보냈다. 민정은 집에서 입던 옷 그대로 슬리퍼를 신고 모자를 푹 눌러쓴 채 편의점으로 뛰어갔다. 짝이 다른 슬리퍼를 신은 건 케이크를 사고 난 다음에 알았다. 급하게 나오느라 살필 겨를이 없었다. 민정은 케이크를 손에 들고, 올 때보다 더 빨리 뛰었다. 누가 신발을 볼세라 마음이 급했다.

플라스틱 상자에 담긴 케이크를 식탁에 놓고 사진을 몇 장 찍었다. 뚜껑을 뗀 뒤에 또 찍었다. 정면, 옆면, 가까이, 비스듬히. 스무 장 넘게 찍어 겨우 두 장을 건졌다.

‘먹기 전에 예쁘게 찍어 줘야 해. 그게 음식에 대한 예의잖아.’

미래가 이따금 하던 말이 귓가를 맴돌았다. 민정은 자신이 찍은 사진을 보며 미래도 그 말을 떠올리기를 바랐다.

포크로 케이크를 왕창 떠서 입에 넣자마자 눈이 저절로 감겼다. 단맛이 입안을 감쌌고, 목구멍을 통과하는 순간 웃음이 새어 나왔다. 행복했다. 역시 먹어야 할 음식은 세상에 차고 넘쳤다. 이런 케이크를 당장 먹지 않고 참는다니, 미래는 도대체 무슨 생각을 하는 걸까. 케이크를 먹으면서 '마지막 헬스' 앱에 들어갔다. 두 코치가 주거니 받거니 떠들었다.

"회원님들, 어제 과식하셨나요? 운동이 언제 힘든 줄 아세요? 운동하면서, 아니면 운동한 뒤? 땡! 운동은 하기 전이 제일 힘들어요. 하기 싫거든요, 귀찮고. 그러니까 지금 이 영상을 보는 회원님들은 운동을 하겠다는 의지가 있는 훌륭한 분들이에요!"

민정은 포크를 내려놓았다. 운동을 하기 전이 가장 힘들다고? 처음 듣는 말이지만 솔깃했다. 민정에게 운동은 생각하는 것조차 힘든 단어였다. 체육 시간에는 뛰는 친구들 옆에서 헉헉댔고, 뛰어가서 뜀틀을 짚고 넘어야 하는 운동은 특히 더 싫었다. 줄넘기는 열 개를 못 넘기고 발이 걸렸고, 피구는 늘 가장 먼저 공에 맞았다. 이래저래 운동은 민정에게 맞지 않았다.

새코가 먼저 뛰었다. 은코가 새코와 리듬을 맞춰 가볍게 뛰었다. 언제 끝나냐고 투덜거리면서도 다음 운동을 이어 가는 코치들의 몸짓이 민정을 불렀다.

'한번 해 봐. 하기 전이 제일 힘든데 넌 지금 하려고 하잖아. 아무도 안 보는데 틀려도 괜찮아. 넌 참 훌륭해.'

예전 같으면 이런 하찮은 유혹에 넘어가지 않았을 테지만, 등교가 미뤄지고 미래를 만나지 못한 시간이 길어지면서 주변의 유혹에 쉽게 흔들렸다. 민정은 케이크를 얼른 먹어 치우고 코치를 따라 했다. 5분 만에 땀이 줄줄 흘렀다. 운동을 자발적으로 따라 한 건 처음이었다.

"와, 땀이 터졌어요! 코치님, 저 쉬고 싶어요!"

새코가 칭얼거렸다. 그러나 은코는 듣는 둥 마는 둥 동작을 이어 갔다. 겉보기에는 멀쩡해 보이는데, 엄살이 심했다. 15분 운동 시간이 끝나자 민정은 털썩 주저앉았다. 코치들은 몸을 풀어야 한다며 스트레칭을 시작했다. 민정도 대충 따라 했다. 흘러내린 땀으로 눈이 따끔거렸다.

"회원님, 오늘 수고하셨어요. 물 많이 드시고요, 처음 시작할 때 제 몸 기억하시죠? 지금 보름 지났는데 3킬로그램 빠졌어요. 배도 좀 들어갔어요. 회원님들은 어떠신가요?"

3킬로그램. 그럼 미래도 치즈케이크를 먹을 수 있을 텐데. 민정은 슈가 로니, 미래가 남긴 댓글을 찾아보았다.

'빠졌을 텐데, 얼마나 빠졌는지는 잘 모르겠어요. 케이크 먹고 싶은데…….'

미래는 민정과 한 약속을 기억하고 있었다. 코끝이 찡했다. 그런데 왜 연락을 안 하는 걸까? 민정은 민지가 알려 준 방법을 써 보기로 했다. 케이크 사진과 메시지를 같이 보냈다.

'너 많이 보고 싶어. 2킬로그램 빠지든 말든, 그냥 먹자. 이거 신상 케이크인데 맛이 끝내줘. 먹고 같이 뛰어 줄게.'

5분 뒤, 드디어 답장이 왔다. 미래가 보낸 이모티콘은 엉엉 울고 있었다.

'울지 마.'

'민정아, 흐엉흐엉.'

'너 어딘데? 내가 거기로 갈게.'

'아니야, 다음 주 수요일에 내가 너희 집 근처로 갈게.'

'그럼 편의점에서 보자. 울 언니 일하는 데 알지?'

'응.'

역시 케이크가 열쇠였다. 민정은 케이크를 한 조각 더 먹고 싶었다. 이렇게 기분 좋은 날을 그냥 넘기긴 아쉬웠다. 한 개 더 사러 편의점에 가려는데, 코치가 한 말이 귓가를 간질였다. 운동을 하려던 게 아니라 미래를 찾는 것이 목적이었기 때문에 클래스마다 댓글을 찾는 데 집중했다. 그런데 우연히 재생한 영상에서 들린 코치의 한 마디가 민정의 발목을 잡았다. 그동안 민정은 뚱뚱하다, 또 먹냐, 그만 먹어라, 그러다 배가 터지겠다, 맞는 옷이 있느냐 같은 모욕적이고 수치스러운 말을 들어 왔다. 하도 들어서 이젠 건성으로 흘려들을 수 있을 정도였다. 아무도 민정에게 대단하다, 훌륭하다 같은 말을 해 주지 않았다. 코치는 민정의 얼굴을 모르고, 민정도 코치를 직접 만나 보지 않았다. 그러나 훌륭하다고 추켜세우면서 살갑게 민정을 격려하는 듯했다. 그 마음에 답하고 싶었다. 민정은 밖으로 나가려던 마음을 접었다.

다음 날에는 그다음 회차를 진행했다. 휴대폰을 뚫고 나올 듯

씩씩한 말투와 활기찬 몸짓으로 코치들이 뛰었다. 그리고 그 영상에 달린 댓글들은 민정만큼 운동에 소질이 없는 사람들이 남긴 것 같았다.

'아무리 해도 안 되는데…….'

'코치님 미워. 겨우 따라잡았는데 다음 동작으로 넘어가면 어떻게 해요?'

'다리가 후덜덜……. 오늘 운동은 이걸로 끝!'

'오늘도 하얗게 태웠다!'

'지방아, 제발 날 떠나가!'

'일주일째 1킬로그램도 안 빠져요. 전 글렀나 봐요.'

미래가 쓴 댓글을 찾을 때는 눈에 들어오지 않았는데, 꽤 많은 사람들이 참여하고 있었다. 직접 코치를 만나지 못하는데, 동작을 잘못해도 바로잡기 힘든데, 했다고 말해도 알 길이 없는데 어째서 사람들이 이렇게 열심히 운동하는 걸까.

운동을 해서 건강해진다는 말은 바꿔 말하면 운동한 시간만큼 좋아진다는 뜻이라고 생각했다. 한 시간 운동해서 건강해지면 생명이 한 시간 늘어난다는 뜻이니, 그런 비효율적인 시간 투자는 하고 싶지 않았다. 차라리 그 시간에 맛있는 걸 먹고, 재밌는 게임을 하고, 드라마나 영화를 보는 게 실속 있었다.

아빠는 민정에게 자기보다 뱃살이 더 두둑하다며 나가서 아파트 단지를 한 바퀴 돌고 오라고 시켰다. 하지만 정작 자신은 소파에 앉아 과자를 먹으면서 야구 중계를 보았다. 엄마도 민정이 채소와 과일을 잘 안 먹고 고기에 집중한다며 걱정했다. 주말에 동네 뒷산을 가는 게 어떻겠냐고 제안했지만, 엄마는 딱 한 번 같이 갔다. 사실 민정은 엄마와 몸매가 비슷했다. 기름지고 단 음식을 좋아하는 것도 엄마를 닮았다. 민지가 예전보다 덜 먹고 텔레비전을 보면서 스트레칭을 하면, 엄마가 정신 사납다고 핀잔을 주곤 했다.

학교에 다니면서 만난 체육 선생들은 민정을 움직이게 하려고 애썼지만, 한 달 만에 손을 들었다. 민정이 한 번 뛸 때 친구들은 세 번 뛰었고, 민정이 걸어가는 동안 친구들은 뛰었다.

"민정아, 조금 더 움직여야지. 그럼 못써!"

민정은 그런 말을 자주 들었다. 그렇게 하고 싶었지만 몸이 말을 듣지 않았다. 한 개도 성공하지 못하는 윗몸일으키기는 제일 싫어하는 종목이었다. 단 한 개도 성공하지 못하는 민정은 두 개를 성공한 미래와 절친이 되었다.

다음 날도 민정은 영상을 재생시키고는 따라 하기 시작했다. 3분 만에 숨이 찼고, 몸이 물먹은 솜처럼 무거웠다. 그만하려고 손가락을 화면에 대는 순간, 새코가 숨을 헐떡였다.

"아, 진짜! 이 프로그램 누가 짰냐고요! 왜 이렇게 어렵게 짰어?"

민정은 손가락을 멈추었다.

"누가 짜긴, 니가 짰잖아! 나도 완전 힘들다고."

민정이 새코에게 대답했다. 어차피 들리지 않을 테니 코치가 상처받을 리 없었다.

"아, 맞네. 제가 짰죠. 그런데 회원님들, 이렇게 열심히 움직여야 지방이 충격을 받아요. 아, 주인님이 날 싫어하는구나. 몸집을 좀 줄여 볼까, 이런다니까요. 살 빼는 것보다 더 중요한 건 건강해지는 거예요. 여러분, 건강한 내일을 위해 허리에 손 얹고 하나, 둘, 셋, 갑니다!"

민정은 웃음을 터뜨렸다. 살 빼는 게 아니라 건강해지라고? 이걸 믿으라고? 그런데 힘들다고 투덜대고, 은코에게 뛰라고 하고는 화면 밖으로 나가는 새코가 밉지 않았다. 은코는 기회를 엿보다가 새코와 가위바위보를 해서 이기고는 "앗싸!" 하면서 화면 밖으로 나갔다.

운동을 매일 하는 사람들도 힘들어하는구나, 늘 좋아서 하진 않는구나, 나랑 비슷하구나. 민정은 한결 가벼운 마음으로 따라 했다. 처음이 어렵지, 그다음부터는 그다지 어렵지 않았다. 민정은 하나씩 따라 했다.

일주일 뒤, 민정은 초조하게 미래를 기다렸다.

저 멀리서 미래가 다가왔다. 볼은 해쓱해졌고, 뛰는 발걸음이 가벼웠다.

"박미래!"

미래를 부르는 목소리가 마스크를 넘어 삐어 나왔다.

"민정아!"

달려온 미래가 민정의 옆에 와 섰다.

"너무 보고 싶었어."

"나도."

미래가 민정을 와락 껴안았다. 그러고는 금방 몸을 떼고, 주머니에서 손소독제를 꺼냈다. 껴안자마자 소독제를 바르는 미래가 낯설었다. 소독제를 바른 두 손을 열심히 문지르던 미래가 민정과 눈이 마주치자 쿡쿡 웃었다.

"미안, 소독이 꼭 필요해서."

"괜찮아. 요즘 다 그러잖아. 우리 집도 밖에 나갔다가 들어오면 무조건 손부터 씻어야 해. 아빠가 손 안 씻고 식탁에 바로 앉으려다가 엄마한테 한소리 들었어. 나도 줘."

민정은 미래가 준 소독제를 손에 문질렀다. 소독제가 손을 차갑게 감싸는 동안 민정은 미래에게 던지고 싶은 질문을 떠올렸다. 한두 가지가 아니라서 뭘 먼저 물어야 할지 헷갈렸다.

"아직 치팅 데이 멀었어? 이미 몇 번은 했을 것 같은데. 나 계속 기다렸어."

"그러게, 진짜 미안."

"야! 자꾸 미안하다고 하지 마."

민정은 미래의 등을 떠밀며 편의점으로 들어갔다. 계산대에서 민지가 알은체했다. 민지의 턱에 일회용 밴드가 붙어 있었다. 민정은 케이크를 집어 계산대에 올려놓았다.

"포크 두 개 주세요."

"네. 레드벨벳 초콜릿케이크 한 개, 계산합니다."

민정은 케이크와 포크 두 개를 받아 들고는 손가락으로 민지의 턱을 가리켰다.

"왜 그래?"

"다쳤어, 물건 놓다가. 별거 아냐. 친구는 안 주고 너 혼자 먹으려고?"

"나눠 먹을 거야."

"그러지 말고 한 개씩 먹어. 요즘 나눠 먹는 것도 별로 안 좋아. 내가 사 줄게."

민정은 재빨리 냉장고로 가서 케이크를 한 개 더 집었다가 슬쩍 영양 정보를 보았다. 생각보다 열량이 꽤 높았다. 그래서 열량이 조금 낮은 '폭신 카스텔라'를 계산대에 놓았다.

둘은 편의점 바깥에 놓인 테이블에 앉았다. 미래는 케이크와 카스텔라를 앞에 놓고 사진을 찍기 시작했다. 신중하고 경건하게, 음식에 대한 예의를 최대한 갖추는 모습이 보기 좋았다. 민정은 그런 미래를 사진으로 담았다.

미래가 케이크와 카스텔라를 포크로 반 잘라서 뚜껑에 놓았다. 그런 다음 자신의 몫을 먹기 시작했다. 예전처럼 허겁지겁 먹는 게 아니라 천천히 음미하듯 녹여 먹었다. 민정도 조금씩 떼어 먹었다.

"있잖아, 나 요즘 운동한다."

민정이 먼저 말을 꺼냈다.

"운동? 어떤 거?"

"마헬."

미래가 눈을 크게 떴다.

"진짜? 나도 마헬 하는데!"

"응, 알아."

"알아? 어떻게 알아?"

"너랑 연락이 하도 안 되니까, 답답해서 내가 찾아봤어."

"아……."

"박미래, 너 괜찮은 거야? 별일 없어?"

미래가 포크를 내려놓았다. 민정도 덩달아 포크를 놓았다. 케이크를 먹을 때 중간에 포크를 내려놓는 건 민정이 한 번도 하지 않았던 일이다.

"엄마가 쓰러지셨어."

"뭐? 많이 아프셔?"

"고혈압이래. 앞으로 약을 평생 먹어야 한다는데, 의사가 나도 그렇게 될 수 있대. 엄마랑 내가 먹는 음식이 비슷하니까."

민정은 미래의 이름을 '배신자 2'로 바꾼 것을 후회했다. 미래에게 자세히 물어보거나 알아볼 생각을 하지 않고 섣부르게 배신자로 부른 게 미안했다.

"이거 진짜 맛있다. 정말 오랜만이야."

"다 먹고 동네 한 바퀴 돌까?"

"정말?"

"응, 새코랑 은코가 그러던데. 많이 먹었으면 그만큼 움직이라고. 난 사실, 살을 빼야겠다는 생각은 별로 없어. 그런데 그냥, 재밌더라. 집에만 있어서 답답했는데, 두 사람이 티격태격하는 것도 웃기고."

"와, 진짜 살맛 난다. 그동안 나 혼자 운동하느라 너무 힘들었는데 이제 너랑 같이한다고 생각하면 덜 외롭겠다!"

민정은 남은 케이크를 마저 먹었다. 미래가 다 먹을 때까지 기다렸다가 함께 발을 맞춰 걸었다. 미래는 엄마가 고혈압 합병증으로 입원하는 바람에 이모 집에서 지낸다고 했다. 병원과 이모네를 왔다 갔다 하느라 집에는 오랜만에 들렀고, 엄마 옷을 더 챙겨가야 한다고 했다. 민정은 미래를 도와 짐을 챙겼다. 그러고는 함께 버스 정류장까지 걸었다. 사람들이 마스크를 쓴 채 두 사람을 지나쳤다.

"언제 돌아와?"

"오프라인 수업 시작하면? 그 전까지는 이모네서 지낼 것 같아. 병원에서 훨씬 가깝거든."

“잘 지내고, 이젠 내 문자 씹지 마. 알았지?”

“…….”

“알았냐고?”

“너, 화 안 났어? 난 네가 화낼 줄 알았거든.”

“처음에는 화도 났는데, 그보다 걱정이 더 컸어. 네가 나한테도 말 못 할 만큼 엄청난 일에 휩쓸렸을까 봐. 그런데 그게 아니라서 정말 다행이야.”

버스가 왔다. 미래는 유리창 너머로 오래 손을 흔들면서 버스와 함께 떠났다. 정류장에 남은 민정은 집까지 빠르게 걸었다. 더 건강해지고 싶었다. 미래가 혼자 외롭게 운동하지 않도록, 같이 걷자고 할 때 옆에서 따라 걸을 수 있도록 체력을 기르고 싶었다. 그러다 보면 언젠가는 살도 빠지겠지. 민정의 목표는 체중 감량이 아니라 건강이었다.

그날 저녁, 민정은 하늘 냄새가 하는 유튜브 영상을 보았다. 하늘 냄새는 여전히 가면을 쓰고 있었는데, 턱에 마스크를 걸치고 있었다.

“오늘은 특별히 레드벨벳 초콜릿케이크를 소개할까 합니다. 부드럽고 폭신한 케이크예요. 편의점에서 한정판으로 내놓았고요…….”

하늘 냄새가 케이크를 소개하자 민정의 입에 침이 고였다. 낮에 먹었는데도 또 먹고 싶었다. 주르륵 달리는 댓글 가운데 마스크를 왜 턱에 하고 있느냐는 질문이 몇 개 있었다.

"아, 이 마스크는 여러분도 평소에 잊지 말고 하시라는 의미로 걸친 거고요. 그럼 케이크를 먹어 보겠습니다."

하늘 냄새가 포크로 케이크를 떴다. 화면을 향해 들었다가 한 입 먹었고, 케이크 부스러기가 마스크 위에 떨어졌다. 하늘 냄새는 부스러기를 털기 위해 한쪽 귀에서 마스크 줄을 떼고 털었는데, 턱에 밴드가 붙어 있었다.

민정은 눈을 크게 떴다. 민지의 턱과 같은 위치였다. 그러고 보니 익숙한 목소리였다.

"이걸 다 먹었으니 또 한바탕 걸어야겠네요. 저는 사실 먹으려고 운동하거든요. 예전에 생으로 굶어 본 적도 있는데, 못 견디겠더라고요. 그럼 여러분, 다음에 만날 때까지 안녕!"

민정은 피식 웃었다. 배신자들은 모두 나름의 방식으로 잘 살고 있는데, 민정이 배신당했다고 못 박은 셈이었다. 지금쯤 '배신자 1'은 영상을 찍은 장소에서 부지런히 걸어 집으로 돌아오고 있을 것이다. 그리고 '배신자 2'는 민정과 같이 먹은 케이크의 열량을 생각하며 열심히 운동하고 있을 것이다.

"그럼 슬슬 시작해 볼까?"

민정이 마헬 앱을 열었다. 두 코치가 외치는 소리에 따라 하나 둘, 어설프지만 최선을 다해 배에 힘을 주었다.

"좋아요, 여러분. 다음 동작으로 넘어갈까요?"

"옙!"

민정이 새코의 말에 대답했다.

그때 방문이 열렸다. 엄마가 운동하는 민정을 보더니 턱을 쳐들었다.

"흥, 배신자! 이제 너까지 날씬해지려는 거야?"

민정은 어깨를 으쓱 올리고는 양발을 벌린 채 스쾃 자세를 따라 했다. 엄마가 민정을 '배신자'라고 불러도 멈추지 않고 계속 동작을 이어갔다.

만약
무인도에
간다면

예은은 휴대폰을 탁 소리 나게 엎었다. 벌써 두 달째 신재현에게서 연락이 없었다. 재현이 무언가에 쫓기듯, 달아나듯 멀어지던 뒷모습이 자꾸 떠올랐다. 재현은 전화를 받지 않았고, SNS 메시지도 읽지 않았다. 문자를 읽었는지 안 읽었는지 알 길이 없었다. 그래도 계속 보냈다. 재현이 왜 그랬는지 꼭 묻고 싶었다.

김담비가 다가왔다.

"유예은, 너도 할래?"

담비가 내민 얇은 공책에는 문제가 빽빽하게 적혀 있었다.

"뭔데?"

담비는 배시시 웃으며 문제를 손으로 짚었다.

"요즘 레트로가 대세잖아. 우리 엄마가 고등학교 때 하던 50문 50답인데, 은근 재밌더라. 봐, 벌써 일곱 명이나 했어. 한은지는 결혼 안 하고 고양이 두 마리 키우면서 혼자 살 거래. 강신욱은 어부가 되고 싶대. 희한하지? 여기서 바다는 꽤 멀리 있는데 말이야."

예은은 담비가 공책을 한 장씩 넘길 때마다 천천히 읽었다. 그러다 한곳에 눈길이 멈추었다. 48번, '만약 무인도에 간다면 가져갈 세 가지는?'이라는 질문이었다. 담비는 이 질문에 '휴대폰, 충전기, 공유기'라고 썼다. 휴대폰과 물아일체, 한 몸을 이룬 담비다웠다. 신욱은 '낚싯대, 낚싯줄, 칼'이라고 썼고, 은지는 '고양이, 고양이 사료, 침대'라고 썼다. 그런데 김범수는 달랐다. 다른 친구들처럼 답을 세 개씩 쓰지 않고 하나만 써 놓았다.

"조각칼?"

예은이 소리 내어 읽었다. 가슴이 쿵쿵, 강하고 불규칙하게 뛰었다. 분명히 범수가 썼는데, 재현의 대답 같았다. 어째서 그 단어를 범수가 썼을까?

"응? 아, 범수. 좀 특이하지? 신욱이가 이 공책을 주는데 내가 부탁하지 않은 범수 것도 있더라고. 조각칼이 뭐야, 조각칼이. 미대 갈 것도 아니면서."

담비는 공책을 예은에게 툭 던지고 돌아섰다.

담비 말마따나 범수는 그림을 잘 그리거나 조각을 잘하진 않았다. 미대에 갈 친구들은 일찌감치 미술학원에 다녔고, 2학년쯤 되면 작품을 안정적으로 만들어 내곤 했다. 그에 비해 범수는 애매했다. 다른 친구들이 환한 빛이라면 범수는 그림자였다. 있는 듯 없는 듯 조용하고 느긋했다. 성적도 고만고만, 밥 먹는 속도도 고만고만, 심지어 남자아이들이 미쳐 있는 축구 실력도 고만고만 했다. 점심시간에 남자아이들이 신욱에게 같이 축구 하자고 할 때, 옆에 앉은 범수에게는 묻지 않았다. 범수도 무표정한 얼굴로 밥만 먹을 뿐이었다.

집으로 돌아온 예은은 책상 서랍 두 칸과 책꽂이를 샅샅이 뒤졌다. 버리진 않았을 텐데 어디에 두었는지 생각나지 않았다. 밤늦도록 집안 곳곳을 뒤졌다. 다용도실에 있는 잡동사니를 엎었고, 신발장도 살폈다.

자꾸 들락날락하는 예은에게 아빠와 엄마가 대체 뭘 찾느냐고 물었다.

"수행평가 때문에 찾을 게 있어."

이 정도 요령은 진작에 터득했다. 예은은 신발장 서랍에서 줄자를, 거실 서랍장에서 돋보기를, 다용도실 캐비닛에서 손전등을 꺼냈다. 그러고는 정말 수행평가를 준비하는 듯 진지한 표정으로 거실을 벗어났다.

예은은 마지막으로 거실 장식장까지 뒤진 다음 방으로 돌아왔다. 온 집안 서랍을 다 뒤져도 없다면 서랍이 아닌 다른 곳에 있을 가능성이 컸다. 손전등을 켜서 침대 밑을 살피다가 벌떡 일어났다. 어둡고 컴컴한 침대 밑과 비슷한 곳에 놓았던 기억이 떠올랐다. 엄마가 청소할 때마다, 물건이 넘쳐서 어수선할 때마다 가장 먼저 치우려던 것이었다. 그래서 예은은 엄마 손이 닿지 않는 곳에 잘 숨겨 두었다.

예은은 옷장 문을 벌컥 열었다. 예은의 옷만 걸려 있고, 비교적 깔끔하게 정리되어 있어서 엄마가 잘 열어 보지 않는 곳이었다. 옷장 안은 외투와 원피스가 늘어져 뒤쪽이 잘 보이지 않았다. 예은은 손을 쑥 집어넣었다. 손끝에 상자가 만져졌다. 두껍고 단단한 종이상자가 두 손에 들려 옷장 밖으로 나왔다. 아래쪽은 황금색, 뚜껑은 검은색이고 교과서 다섯 권이 들어갈 크기였다. 예은이 그동안 모은 보물로 가득 찬 상자였다.

예은이 조심스럽게 상자를 열었다. 처음 만든 팔찌, 피서 갔을 때 바닷가에서 주운 파란색 시글래스, 아끼던 옷에서 떼어 놓은 단추, 전학 가는 친구가 준 휴대폰 고리, 작은 인형들이 상자 안에 들어 있었다. 그리고 그곳에 예은이 찾던 물건이 있었다.

"찾았다!"

나이테가 선명하면서 밝은색을 띤 나무토막. 길이는 23센티미터, 폭은 5센티미터, 두께는 3센티미터였다.

"호두나무래."

재현이 이 나무토막을 맡기면서 왼손에 든 조각칼을 흔들어 보였다. 그리고 다음 날부터 재현은 학교에 나오지 않았다. 연락도 끊어졌다. 그제야 예은은 재현이 자신을 찾아오긴 했어도 자신은 재현을 만나러 간 적이 없다는 사실을 깨달았다. 재현이 몇 번 버스를 타고 다니는지 알았지만 어느 정류장에서 내리는지 몰랐다.

재현이 사라지고 일주일이 지난 날, 예은은 화를 내면서 나무 토막을 상자에 던지듯 넣었다. 하지만 화보다 불안감이 더 컸다. 나쁜 일이 생긴 건 아닐까? 나한테 말하지 못할 사정이 있나? 혹시 누군가 재현을 납치했나? 불안해하던 예은이 담임에게 재현의 소식을 묻자 재현의 아버지가 자퇴 신청서를 냈다고 했다. 주변을 둘러보면서 조각칼 날을 만지작거리던 재현의 모습이 눈에 밟혔다. 예은은 재현에게 전화를 걸었다. 여전히 받지 않았다. 중요한 무언가를 놓친 것 같아 불안했다.

"도대체 난 너한테 뭐야? 이건 왜 맡겼어?"

범수가 교문으로 들어섰다. 너무 늦지 않게, 너무 빠르지 않게, 범수는 어중간하면서 어정쩡한 시간에 조용히 걸어 들어왔다. 눈여겨보지 않으면 눈치채지 못할 걸음걸이였다. 그 옆으로 담비가 겅중겅중 뛰면서 범수를 지나쳤다. 그 뒤로 신욱도 마찬가지였다. 범수는 공기에 흡수되듯 유유히 걸었고, 그런 범수가 투명 인간인 양 친구들은 스쳐 지나갔다.

"웬일로 일찍 왔어?"

교실에 도착한 담비가 물었다.

"그냥."

"그냥? 오늘 해가 서쪽에서 떴나 보네."

담비가 어깨를 툭 치고 자리로 가 앉았다. 신욱이 교실로 들어왔고, 그러고도 한참 뒤에 범수가 왔다. 범수의 등장은 예은에게만 보이는 것 같았다.

느긋하게 들어온 범수가 가방을 열고 책을 꺼내 서랍에 넣었다. 평온했던 범수의 표정이 서랍에서 나온 쪽지 때문에 달라졌다. 당황한 듯 범수가 허둥댔다. 그림자인 양 움직임이 작았던 범수가 평소와 다른 모습을 보이자 그를 둘러싼 공기의 방향이 달라졌다. 앞자리에 앉은 담비가 돌아보았다.

"어, 범수도 왔네?"

담비가 알은체했다. 범수는 빨갛게 달아오른 얼굴로 살짝 고개를 끄덕였다. 그러고는 조심스럽게 쪽지를 폈다. 그때까지 예은은 범수에게서 눈길을 거두지 않았다.

'잠깐 보자. 12시 30분, 기가실, 예은.'

범수가 고개를 들어 예은을 찾았다. 눈길이 마주친 예은은 씩 웃었고, 범수는 당황해하며 책상에 엎드렸다.

"범수, 어디 아프니?"

담임이 물었다. 범수는 잠깐 멈칫하다가 손을 들어 아니라는 듯 가로로 저었다. 그림자 같았던 범수의 존재가 반짝, 빛으로 드러났다.

기술·가정 실습실은 텅 비어 있었다. 조용하게 이야기할 공간으로는 딱이었다. 12시 30분, 더도 말고 덜도 말고 딱 그 시각에 범수가 나타났다. 범수는 교문을 통과할 때와 달리 빠르고 날랜 걸음으로 기가실 안으로 들어섰다. 달라진 걸음걸이 때문에 낯설게 느껴졌다.

"왜 보자고 했냐?"

예은은 깜짝 놀랐다. 범수는 말을 잘 안 할뿐더러 하더라도 조용하게 속삭이듯 말하는 편이었다. 가끔 신욱이 범수에게 '뭐라고? 잘 안 들려!'라고 다그치기도 했다. 수업 시간에 지적을 받으면 범수의 목소리는 더 작아졌고, 칠판 앞에서 범수가 발표하면 뒷자리에서는 안 들린다고 항의를 했다. 그런데 지금 범수의 목소리는 또렷하게 잘 들렸다.

"담비가 돌리는 50문 50답을 봤어."

"아, 그거……."

범수는 별것 아니라는 듯 피식 웃었다. 입술 위 거뭇거뭇한 수염이 꿈틀거렸고, 턱 아래 있는 여드름이 근육을 따라 움직였다.

"그런데?"

범수가 도무지 이해할 수 없다는 표정으로 물었다.

"무인도, 조각칼."

"아……."

"넌 조각칼로 뭘 하는데?"

"이것저것 만들어."

"뭘 만드는지 물어봐도 돼?"

그러자 범수의 눈빛이 예은을 경계하기 시작했다. 자신이 꽁꽁 감춘 마음을 드러내고 싶지 않은, 익숙한 눈빛이었다. 예은은 그 눈빛이 슬펐고 더는 에둘러 말하지 않기로 했다.

예은이 주머니에서 호두나무 토막을 꺼내 테이블 위에 놓았다. 범수는 나무토막을 뚫어지게 보았다. 경계하던 눈빛이 반짝였고, 그를 감싸고 있던 흐릿한 공기가 사라지면서 호기심 많은 남자아이의 모습이 드러났다. 범수가 이런 사람이었나, 예은은 감탄하며 지켜보았다.

"누가 나한테 맡겼는데, 걔도 조각칼을 손에 들고 있었어."

"그러면 걔한테 도로 돌려주지."

"음, 그게……. 신재현이 맡겼어."

호기심으로 반짝이던 범수의 눈빛이 다시 빛을 잃었다. 눈꼬리는 아래로 처졌고, 다시 그림자 같은 범수로 돌아가려 했다. 예은도 범수처럼 입을 굳게 다물었다. 그러자 빛이 아닌 그림자가 예은을 휘감기 시작했고, 어둠과 침묵이 몸에서 새어 나왔다. 침묵은 기가실 바닥부터 차곡차곡 쌓였다. 가슴쯤 쌓인 침묵을 먼저 깬 건 범수였다.

"뭐라고 했어?"

"잠깐 맡아 달라고 그랬어. 빵을 좋아하는 나한테 딱 어울릴 거래."

범수가 손을 뻗어 나무토막을 만졌다. 매끄럽고 단단한 나무토막이 범수 손끝을 따라 조금씩 움직였다.

"내가 이 나무토막을 써도 괜찮겠어?"

"왜? 뭐 하려고?"

"우드카빙을 할 거야."

"우드 뭐?"

"우드카빙. 조각칼로 깎는다고."

예은이 '우드카빙'이라는 단어를 입속에서 굴렸다. 우드카빙, 매끄럽고 단단하면서 바퀴가 달린 듯 잘 굴렀다. 재현도 비슷한 단어를 말한 것 같은데 그땐 흘려들었다. 이번에는 놓치지 않고 단어를 잡아챘다. 우드카빙, 단어가 나무토막을 감쌌다. 예은이 답답한 공기를 깨뜨리려고 목소리 톤을 높였다.

"아, 알겠어. 참, 네 전번 찍어 줘."

예은이 자신의 휴대폰을 범수에게 들이밀었다. 범수는 휴대폰 자판을 조심스럽게 누르고는 돌려주었다. 나무토막을 주머니에 넣고 돌아선 범수는 다시 그림자처럼 공기에 스며들어 천천히 걸어 나갔다.

예은은 휴대폰 화면을 보며 피식 웃었다. 보통 자기 번호만 찍어 주고 돌려주는데, 범수는 번호와 함께 자신을 부를 이름도 남겼다. '칼범'. 범수는 그림자처럼 희미했지만, 칼범은 조각칼처럼 선명했다. 잘 어울렸다.

그 뒤로 예은은 가끔, 아니 자주 범수를 보았다. 범수는 손가락을 자주 꼼지락거렸는데, 왼손은 책상을 꽉 잡고 오른손을 슬쩍슬쩍 앞뒤로 밀었다. 비어 있는 오른손이 마치 조각칼을 쥔 것처럼 리듬을 타며 움직였다. 도대체 조각칼로 뭘 만든다는 걸까? 작은 칼날이 움직여 봤자 할 수 있는 건 한정적일 텐데…….

예은은 초등학교 때 조각칼을 잠깐 잡아 보았다. 그때 조각칼이 빗나가 나무판을 잡은 왼손을 찔렀다. 피가 뚝뚝 떨어지는 왼손을 보면서 조각칼을 떨어뜨렸고, 그 뒤로 다시는 조각칼을 잡지 않았다. 예은에게 조각칼은 아찔한 통증이자 상처였고 핏방울이었다. 그런데 범수는 예은이 싫어하고 무서워하던 조각칼을 약간의 설렘과 기대를 갖게 바꿔 놓았다. 재현에게 조각칼은 무엇이었을까?

재현은 자신을 꽁꽁 감추었다. 이름과 전화번호 이외는 아무것도 말해 주지 않았다. 긴팔, 긴바지 체육복을 입고 땀을 쏟아 내면서도 덥다는 소리를 하지 않았다. 그래도 예은은 재현과 같이 빵을 먹고, 노래방에 가고, 아이스크림도 먹었다. 예은이 어제 아빠가 한 농담이 어처구니가 없었다고 투덜거리면 재현은 눈을 찡그렸다. 예은은 시답잖은 아빠의 농담을 싫어하는 재현이 자기편 같아서 좋았다.

시나몬롤을 계속 뜯어 먹는 예은을 보면서 재현이 말했다.

"빵 진짜 좋아하는구나."

"너도 빵 좋아해?"

"아니, 동생이……."

재현은 그다음 말을 잇지 못하고 몸을 배배 꼬았다. 그러고는 그림자 속의 그림자로 들어가려는 듯 더 쪼그라들었다. 그러다가도 예은이 내민 시나몬롤 조각을 입에 넣고는 금세 따뜻한 온기를 찾았다. 예은은 재현이 말해 줄 때까지 기다렸다. 하지만 재현은 끝내 말하지 않았다.

'우드카빙'이라는 단어를 검색하고, 그 단어가 만드는 의미를 살폈다. 나무토막에 작은 조각칼이 닿아서 숟가락과 젓가락, 포크를 만들고 그릇을 만들어 내는 작업. '카빙'은 여러 곳에서 쓰였지만, 예은을 사로잡은 건 역시 우드카빙이었다. 나무토막을 쓸모 있게 만드는 작업, 조각을 실생활로 연결시키는 작업이었다. 어째서 재현과 범수가 우드카빙을 아는 걸까? 범수는 왜 재현이 준 나무토막을 보자 자신을 숨기던 그림자를 걷어 냈을까? 궁금증이 점점 늘어났다.

우드카빙을 검색하던 예은은 동영상도 찾아보았다. 그 가운데 몇 개가 눈에 띄었다. 예은은 그중 하나에 꽂혔다. 그 콘텐츠는 나무토막을 붙잡고 깎는 과정을 설명 없이 보여 주었다. 사각사각, 나무가 깎여 나가는 소리만 들렸다. 무엇을 만들 것이라든지, 어떻게 깎을 것이라든지, 어떤 나무라든지, 설명은 전혀 없었다.

깎는 동작에 집중하면서 다음 회차에서 작업을 이어 갔다. 그렇게 두세 회차를 보면 어느새 작품 하나가 완성되었다. 카메라는 나무토막과 손, 조각칼만 비추었다. 사각사각, 톱밥이 쌓일수록 나무토막에 가려져 있던 숟가락이 드러났다. 사각사각, 끝이 둥글고 길쭉한 젓가락이 태어났다. 사각사각, 더 큰 나무판을 끈기 있게 깎아 내던 조각칼은 몇 회차 만에 둥근 모양의 그릇을 만들었다. 사과 세 알을 담으면 딱 좋을 그릇 안쪽은 진흙을 손가락으로 꾹꾹 누른 듯한 모양이 남아 있었다. 그런데 마지막 영상에서 예은은 화면을 정지시켰다. 재현이 준 나무토막과 많이 닮은 듯한 나무토막이 작업대 위에 있었다. 예은은 그 영상을 만든 사람이 누군지 찾아보았으나 정보가 부족했다.

재현도 범수처럼 존재가 잘 드러나지 않는 아이였다. 수업 시간에 늘 엎드려 있고, 성적도 그저 그랬다. 그런 재현이 예은의 눈에 띈 건 순전히 나무 때문이다. 그날따라 급식으로 나온 햄버그스테이크가 맛이 없었다. 고기 누린내가 나고 질겨서 남기는 친구들이 많았다. 예은은 자기 것과 담비가 남긴 것까지 먹었는데, 입안에 느글거리는 기름기가 남았고 배에는 가스도 찼다. 이럴 때 바게트빵을 먹으면 딱 좋은데, 매점에는 팔지 않았다. 그래서 남은 점심시간 동안 운동장을 천천히 걸었다. 방귀가 뿡뿡 나왔지만 가스가 찬 배는 여전히 더부룩했다.

교실에서 내다보이는 운동장 한 모퉁이, 나무들이 있는 곳에서 재현이 허리를 숙이고 있었다.

"뭐 하냐?"

재현은 깜짝 놀라며 손에 든 것을 떨어뜨렸다. 대여섯 개 되는 나뭇가지들이 후두둑 소리를 냈다.

"피, 필요해서."

"나뭇가지로 뭐 할 건데? 캠핑 가냐?"

"아니야. 뭘 만들 거야."

가만히 두면 빗자루에 쓸리거나 썩을 나뭇가지였다. 그런데 그런 나뭇가지들을 골라서 필요한 걸 만든다는 말에 솔깃했다. 예은은 재현이 떨어뜨린 나뭇가지 하나를 주워 들었다. 흰 나뭇가지를 만지작거리자 재현이 중얼거리듯 말했다.

"자작나무야. 탈 때 자작자작 소리를 내거든."

"이게? 그럼 이건 뭔데?"

"단풍나무."

예은에게 나무는 그냥 서 있는 풍경에 가까웠다. 그 풍경에 잎이 나고, 꽃이 피고, 열매가 맺히고, 잎이 떨어지는 변화가 있을 뿐이었다. 늘 그 자리에 벚나무가 있어도 꽃이 피거나 버찌가 열려야 벚나무가 있나 보다 했다. 그런데 나뭇가지를 보고 어떤 나무인지 알 수 있다니, 재현에게 특별한 능력이 있는 것 같았다.

예은이 별 반응을 보이지 않자 재현은 안심한 듯 다시 나뭇가지를 주웠다. 예은이 슬쩍 기웃거렸다. 그러자 재현이 떨어진 잎을 주웠다. 붉게 단풍이 들어서 떨어진 잎은 타원형이었다. 재현이 그 잎을 만지작거리자 조금 전까지 별 의미가 없던 나뭇잎이 모양을 갖추기 시작했다. 잎 가장자리를 접고, 잎자루로 윗부분에 구멍을 냈다. 그러고는 조심스럽게 구멍에 잎자루를 끼우자 작은 손가방 모양이 완성되었다.

"가져."

재현이 무심하게 건넸다. 예은은 빨갛고 조그만 가방을 받고는 피식 웃었다.

"신재현, 너 좀 로맨틱하다. 나랑 사귈래?"

"뭐?"

"가방 주면 사귀자는 건데. 너 지금 나한테 가방 줬잖아."

재현은 싫다 좋다 반응을 보이지 않았다. 대신 빨갛게 달아오른 얼굴로 쿡쿡 웃었다.

"그럼 오늘부터 1일이다!"

예은이 일방적으로 말했고, 이번에도 재현은 거부하지 않았다.

예은이 범수에게 나무토막을 건네고 사흘 만에 문자가 왔다.

'기가실 12시 30분, 칼.'

이번에는 '칼범'이 아니라 '칼'이었다. 조각칼도 칼인데, 칼날이 작아서인지 칼처럼 느껴지진 않았다. 그런데 칼이라니. 칼범도 모자라 스스로 칼이라고? 예은은 약속 시간을 초조하게 기다렸다.

그리고 이번에는 범수가 기가실에서 예은을 기다리고 있었다. 넓은 실습실 테이블에 비스듬히 기대선 범수는 전혀 다른 사람 같았다. 범수는 예은을 보자 주머니에 손을 넣었다.

"아마 재현이가 이걸 만들려고 했을 거야."

범수가 예은에게 준 것은 길고 모서리가 둥근 손잡이, 한쪽으로 경사가 진 직사각형 몸통, 짙은 갈색인 버터나이프였다.

"내가 준 나무토막이 이렇게 변했다고?"

"그래. 내가 깎았어."

"조각칼로?"

범수가 고개를 끄덕였다.

"우드카빙이니까."

범수가 피식 웃었다. 예은은 범수를 둘러싸고 있던 그림자가 확 걷히고 밝은 부분이 드러나는 걸 목격했다. 범수가 이런 녀석이었나. 그림자일 때와 딴판이었다. 눈빛은 맑고 고요했으며 손놀림은 가벼웠다.

"누구한테 배웠어?"

"앱."

"뭐?"

예은이 다가가자 범수가 한 걸음 물러났다. 더 가까이 오지 말라는 듯 손을 뻗어 예은을 막았는데, 팔이 움직이면서 나무 냄새가 났다. 사람한테서 나무 냄새가 나다니, 도대체 얼마나 나무를 깎아 대는 거야…….

"재현이도 거기서 배웠어."

예은은 우뚝 섰다.

"그래서 너한테는 뭔가를 알려 줬단 말이지? 그 망할 녀석이!"

꾹꾹 눌러 왔던 짜증이 확 솟구쳤다. 도대체 왜 그랬니? 나한테 왜 이걸 맡겼니? 시간이 갈수록 이해하기 힘들었다. 재현의 멱살을 잡고 흔들어도 모자랄 정도로 화가 치솟았다.

"어……. 그런데 넌 왜 몰랐어? 재현이랑 사귀던 사이였잖아."

그건 예은이 묻고 싶은 말이었다. 재현은 나무토막을 덜렁 맡긴 다음 날부터 학교에 나오지 않았다. 어디로 가는지, 어디에서 무엇을 하고 있는지 전혀 알려 주지 않았다. 전화를 걸었지만 받지 않았다. 말하자면 재현은 예은에게 일방적으로 이별 통보를 한 셈이었다. 예은은 나무토막을 왜 맡겼는지 재현에게 물어보고 싶었다. 그냥 준 것도 아니고 맡겼다면 다시 찾으러 오겠다는 뜻이 아닌가.

"김범수, 넌 재현이 어디 있는지 알아?"

"몰라. 그런데 어디 있는지는 몰라도 살아 있긴 해."

예은은 콧방귀를 뀌었다. 대체 무슨 말인가. 어디 있는지 모르는데 살아 있다는 걸 어떻게 증명하느냔 말이다. 아예 이 세상에서 사라진 것 같았다. 이제 더는 연락하는 게 망설여졌고 두려웠다. 정말 사라진 건 아닐까, 재현이는. 이 지구에 없는 게 아닐까.

"증명해 봐."

범수가 어깨를 으쓱 올리더니 휴대폰을 꺼냈다. 가벼운 터치로 유튜브에 접속했고, 또 한 번 건드리더니 예은에게 화면을 보여 주었다. 예은이 어젯밤까지 보던 그 영상이었다. 나무를 깎아 포크를 만들고, 그릇을 만들어 내던 손과 조각칼만 집중해서 보여 준 그 콘텐츠였다.

"이게 재현이라고?"

"내가 선물한 조각칼이야. 칼날 가까운 곳에다 카빙을 해 놨거든."

예은은 작은 화면에 코를 들이박고 집중했다. 그러자 범수가 말한 그 부분에 음각된 초승달이 보였다. 조각칼이 움직일 때마다 달이 떴다 가라앉았다 했다. 조각칼이 위로 올라갔다가 옆으로 움직였다. 초승달은 칼날이 움직이는 방향에 따라 웃는 입술 모양으로 변했다. 조각칼이 나무를 깎아 내는 각도에 맞춰 모양도 움직였다. 그건 초승달이 아니었다. 나무를 깎는 조각칼의 단면이었다. 칼범, 범수는 스스로 그렇게 불렀다.

"재현이는 아이디가 뭐야?"

"숨바꼭질……."

도대체 무엇으로부터, 왜 숨는 걸까. 이렇게 숨을 작정이었으면 나무토막은 왜 맡긴 걸까.

"왜 숨는지 아는 건 없고?"

"볼일 끝났지?"

범수가 황급히 돌아섰다.

"저기!"

예은이 다급하게 외쳤다. 뒤돌아선 범수가 그 자리에 섰다.

"그 앱, 나도 알려 줘."

범수가 의아한 표정을 짓다가 휴대폰을 다시 꺼냈다. 띠링, 예은의 휴대폰이 메시지를 받았다. 범수는 앱을 알려 주고는 다시 그림자처럼 천천히 소리 없이 기가실을 벗어났다. 예은은 범수가 알려 준 앱에 접속했다.

택배로 온 종이상자는 가볍고 납작했다. 상자 안에는 비닐 충전재로 잘 포장된 조각칼, 장갑, 두꺼운 비닐 보호판, 조그만 플라스틱병에 든 기름, 거친 사포, 부드러운 사포, 가로세로 5센티미터인 천 조각, 나무토막이 들어 있었다. 재현이 준 것과 비슷한 크기의 나무토막이었다.

범수가 알려 준 앱은 우드카빙을 경험해 볼 수 있는 곳이었다. 한번 경험해 보고 마음에 들면, 인터넷 강좌를 들으며 다른 재료와 함께 본격적으로 우드카빙을 배울 수 있다. 예은이 받은 택배는 우드카빙 체험판이었다.

버터나이프를 만드는 데 필요한 재료는 단순했다. 예은은 장갑을 끼고 나무토막을 깎기 시작했다. 사각, 단단한 나무토막이 쓱 깎여 나갔다. 저항 없이 깎이는 나무에 당황한 예은은 나무토막을 손으로 매만졌다. 여전히 단단했다. 그러나 또 한 번 조각칼을 대자 나무토막은 칼날의 방향대로 깎여 나갔다. 사각사각, 쓱, 사각사각, 쓱……. 재현은 어디에 있는 걸까.

예은은 다칠까 봐 겁이 나 조각칼을 꽉 쥐었다. 조각칼은 자꾸 빗나갔고, 책상을 찍었다. 예은은 참고서를 나무토막 밑에 깔고 작업을 이어 갔다.

사각사각, 쓱. 어깨가 아팠다. 조각칼을 쥔 손목도 시큰거렸다. 재현도 여전히 조각칼을 움직이고 있다. 하지만 그곳이 어딘지 예은은 모른다.

사각사각, 사각사각. 그래도 뭔가 마무리가 덜 된 듯했다. 재현은 무인도처럼, 아무도 모르는 곳에 숨었다. 왜, 누구한테서 도망간 걸까? 언제까지 숨바꼭질을 할 셈일까?

사각사각, 쓱쓱. 혼자 무인도로 떠난 재현은 왜 우드카빙을 하는 동영상을 찍고 있을까?

손잡이 모양을 얼추 다듬었는데 나뭇조각이 꽤 많이 나왔다. 예은은 떨어진 나무 부스러기를 모아 쓰레기통에 넣었다. 한 시간 동안 손잡이도 다 만들지 못했다. 지금까지 작업한 대로 사진을 찍어 범수에게 보냈다. 금방 답장이 왔다.

'처음치고는 잘 깎았어, 굿 잡.'

오랜만에 누군가에게 인정을 받았다. 예은은 뿌듯한 기분으로 자리에 누웠다. 귓가에 나무가 깎이면서 내던 소리가 아직 남아 있었고, 나무 향기가 은은하게 방 안을 덮었다.

다음 날도, 그다음 날도 예은은 우드카빙을 했다. 손잡이보다 더 어려운 부분이 버터를 바르는 몸통이었다. 경사가 균일해야 하고, 기울어진 부분이 매끄러워야 했다. 범수가 깎은 버터나이프는 기계로 깎은 듯 자연스러웠는데, 예은이 깎은 나무토막은 그렇지 않았다.

'다음은 어떻게 깎아? 자꾸 비뚤어져.'

범수에게 메시지를 보냈다.

'힘을 빼.'

'무슨 힘?'

'손에 힘이 많이 들어갔어. 힘을 너무 주면 나무가 많이 깎여. 자연스럽게 깎으려면 힘을 빼야 해.'

곧이어 '아자아자'라고 외치는 강아지 이모티콘이 왔다. 예은은 씩 웃으며 '알았어, 잘 깎아 볼게'라고 답했다. 그러자 휴대폰이 부르르 떨렸다.

"뭘 깎아?"

담비였다.

"아, 아니야. 갑자기 왜?"

"갑자기는. 이모티콘 새로 사서 너한테 보냈는데, 네가 뭘 깎는다고 답했잖아."

어쩐지 범수가 보낸 것 같지 않더라니. 우드카빙에 몰두하다가 누가 보낸 메시지인지 확인하지 않고 답한 게 탈이 났다. 예은은 아빠가 과일을 깎으라고 했다며 둘러댔지만 담비는 못 믿는 눈치였다. 담비는 시시콜콜한 이야기를 늘어놓기 시작했다. 전화기가 뜨끈해질 동안 예은은 깎다 만 버터나이프를 만지작거렸다. 얼른 통화를 끝내고 마무리를 짓고 싶었다.

"참, 내가 준 50문 50답 언제 돌려줄래?"

"아! 내일 줄게."

"이렇게 오래 걸릴 줄 몰랐어. 요즘 고민이 많나 봐."

통화를 끝낸 뒤, 예은은 미완성인 버터나이프를 물끄러미 바라보았다. 깎여 나가는 나뭇조각들이 재현을 떠올리게 했다. 재현이 나무토막을 맡긴 이유는 아직 오리무중이었다. 게다가 아이디가 숨바꼭질이라니, 그건 어릴 때 하던 놀이인데. 아직까지……, 설마?

'신재현이 누구랑 살았어?'

범수가 바로 답을 보냈다.

'여동생이랑 아빠.'

예은은 범수가 남긴 답장을 보다가 재현이 한 말들을 곱씹었다. 예은이 아빠가 한 농담에 짜증 난다고 할 때 재현은 싫은 표정을 지었고, 동생이라는 말을 아꼈다. 혹시 그 두 사람 가운데 한 명에게서 숨는 걸까, 아니면 둘 다?

자정이 가까운 시간이었지만 예은은 통화 버튼을 눌렀다.

"잘 들어, 김범수. 재현이가 나한테 나무토막을 왜 맡겼는지 알아야겠어. 이건 내가 걔 여자 친구여서가 아니고, 친구니까 그러는 거야. 넌 안 궁금해? 어디서 뭘 하는지, 왜 갑자기 사라졌는지 안 궁금하냐고. 친구라면 알아야 하잖아!"

예은이 소리를 점점 높였다.

"말하지 말라고 했는데……."

"빨리 말해. 얼른!"

"아빠한테서 도망간다고 했어."

"뭐?"

숨이 턱 막혔다.

"너한테 그런 말을 했다고? 왜?"

"우드카빙 재료를 사러 목공소에 갔다가 만났는데, 트럭에서 목재를 내리는 걸 거들고 있더라고. 윗옷이 살짝 들렸는데, 옆구리가 시퍼렜어. 목공소 주인한테 맞은 줄 알고 경찰서에 신고한다고 난리 치니까 그때 말하더라. 아빠가 그랬다고. 절대 말하지 말아 달라고."

재현은 여름에도 긴소매와 긴바지를 입었다. 체육 시간에도 마찬가지였다. 더워서 헉헉거릴 만한데, 땀을 흘리면서도 옷차림은 늘 비슷했다. 재현이 절뚝거리며 학교에 온 날, 보건실로 재현을 억지로 데려갔다. 재현은 기를 쓰고 안 가려고 버텼지만 예은이 완강하게 잡아끌었다. 보건실에서 재현의 발목과 종아리에 시퍼렇게 든 멍을 보았다. 보건 선생님이 어쩌다 그런 거냐고 물었을 때, 재현은 넘어졌다며 말을 얼버무렸다. 그 뒤로 어떤 날은 팔을, 또 어떤 날은 배를 문지르며 불편해했다.

"그래서 이때까지 말 안 했다고? 그럼 재현이가 계속 맞는 동안 아무것도 안 했다는 말이야?"

범수는 대답하지 않았다.

예은은 멍들 때까지 맞은 기억이 없었다. 그런데 재현은……. 어떤 어른은 아이를 때린다. 재현에겐 그 어른이 아빠였다. 학교에서 집으로 돌아가야 하는 순간이 얼마나 싫었을까. 그래서 달아났구나. 더는 맞지 않을 방법을 찾아 떠났구나. 아무도 찾을 수 없는 곳으로, 꼭꼭 숨었구나. 예은은 머리가 아팠다. 더 말을 잇지 않고 전화를 뚝 끊었다.

재현은 이제 멍들지 않고, 피해 다니지 않아도 되는 곳에 잘 숨었을까. 예은을 좋아하는 마음보다 살아남으려는 의지가 더 강했을지도 모른다. 그 이유라면 예은은 갑작스럽게 일어난 이별을 받아들여야 했다. 그러나 머릿속으로는 재현을 이해했지만 마음으로는 여전히 미웠다. 제대로 사정을 이야기해 줬더라면, 범수를 통해서가 아니라 재현에게 직접 들었더라면 흔쾌히 보냈을 것이다. 제발 살아남으라고, 널 때리는 사람으로부터 벗어나라고, 더 자라서 힘이 강해지면 그때 당당하게 나타나 사과 받으라고 말해 줬을 것이다. 더 자라서……. 아니다. 그때 말해야 했다. 그 순간, 맞는 순간에 그러면 안 된다고 대들어야 했다. 잘못이라고 따져야 했다.

"내가 신고해야 했어……."

넘어졌다는 말을 곧이곧대로 믿었다. 더 캐묻지 않았다. 왜 재현이 그림자처럼 눈에 띄지 않으려 했는지 살펴보지 않았다. 후회스러웠다. 만약 그때 눈치채고 신고했더라면, 재현이 숨바꼭질하면서 꼭꼭 숨어 있지 않아도 될 텐데. 적어도 연락은 할 수 있을 텐데.

예은은 무거운 마음으로 조각칼을 움직였다. 사각사각, 사각사각. 깎여져 나간 조각들을 한데 모으다가 예은은 벌떡 일어났다. 옷자락에 떨어져 있던 나무 부스러기가 바닥으로 떨어졌다.

"그랬구나!"

재현은 끝까지 그림자였다. 혼자 그림자였고, 빛으로 나오는 걸 두려워했다. 그런 재현이 예은에게 손대지 않은 나무토막을 맡겼다. 아직까지는 괜찮지만, 곧 모양이 바뀔 수도 있는…….

예은은 조각칼을 잡을 수 없었다. 어깨에 힘이 쭉 빠졌다. 사방팔방으로 흩어져 있던 마음이 모여 눈물로 변했다. 바보 같은 녀석, 말을 하지. 왜 말을 안 해, 이 바보야! 예은은 엉엉 울었다.

예은은 빨갛게 충혈된 눈을 비비며 중학교 교문 앞에 서 있었다. 범수는 한 발 떨어진 곳에 서 있었다. 예은이 재현의 동생을 만나 보고 싶다고 하자 범수는 얼핏 학교 이름을 들었다고 했다. 그래서 방과 후에 무작정 학교 앞으로 왔다. 이미 중학생들은 집으로 꽤 많이 돌아간 시간이었지만 예은은 끈질기게 기다렸다. 재현도 마지막까지 학교에 남아 있다가 돌아가곤 했다. 집에 일찍 들어가고 싶지 않았을 재현처럼 여동생도 그럴 것이라 짐작했다.

30분 뒤, 재현과 얼굴이 닮은 여학생이 교문 밖으로 나왔다. 그 여학생 또한 긴소매 윗옷을 입고 검은색 스타킹을 신고 있었다. '신미현'이라는 이름표를 달고 있었다.

예은이 미현에게 다가가 자신과 범수가 재현의 친구라고 밝혔다. 잔뜩 경계하던 미현은 재현이라는 말에 경계를 늦추었다. 범수가 재현이 무사하다는 소식을 전하자 미현이 울먹였다. 자기 전화도 받지 않아 걱정했다는 미현의 팔목에도 시퍼런 멍이 남아 있었다.

"아빠라서 신고하기 힘들면, 내가 할게."

예은이 단호하게 말했다. 미현이 움찔거렸고, 범수도 깜짝 놀라 예은을 쳐다보았다. 예은의 눈을 보던 범수가 예은이 미현을 찾아온 까닭을 알았다는 듯 고개를 끄덕였다.

"재현이 찾아볼게."

미현이 흐느끼며 얼굴을 손으로 감쌌다.

"어떻게 할래, 계속 이렇게 지낼 거야?"

예은이 물었다. 미현은 입술을 잘근잘근 씹다가 작은 목소리로 대답했다.

"아뇨."

"그럼 우리랑 같이 가자."

미현은 예은이 내민 손을 잡았다. 미현은 손을 바들바들 떨었고, 예은이 미현의 손을 꼭 잡았다.

"이거 내 번호야. 앞으로 어딜 가든 나한테 꼭 연락해. 너 혼자 무인도처럼 있지 말고."

예은이 전화번호가 적힌 쪽지를 미현에게 보여 주고, 미현의 가방에 넣었다.

"제법이네, 유예은."

범수가 엄지손가락을 추켜세웠다. 이제 범수는 예은에게 그림자가 아니었다. 환하게 웃고 농담을 하고 메시지를 주고받는, 빛이었다.

예은이 씩 웃으며 범수에게 물었다.

"너, 나랑 사귈래?"

"……."

"사귀자고!"

"싫은데?"

"왜 싫어?"

"싫은데 이유 있냐? 넌 내 스타일 아니야."

예은이 눈을 번쩍 떴다. 그림자처럼 자기 존재를 잘 드러내지 않는 점에서는 재현과 비슷했지만, 취향을 확실하게 밝히는 점에서 본다면 완전히 달랐다. 같은 말에 재현은 물에 물 탄 듯 뜨뜻미지근하게 반응했지만, 범수는 싫다고 딱 잘라서 말했다.

"넌 내 스타일인데. 우리 사귀자!"

"아, 좀! 싫다고!"

범수가 질색했다. 예은은 깔깔 웃었고, 미현이 피식 웃었다.

먼저 무인도에 도착한 재현은 사람들에게 자신이 아직 살아 있음을 끊임없이 알리고 있었다. 말하자면 생존 신호를 보낸 것이다. 그러나 예은은 적극적으로 살아남고 싶었다. 자신에게 손에 힘을 빼라고 알려 주고, 칼날을 어떻게 돌려야 하는지 알려 주는 딱 한 사람, 그 사람만 있으면 무인도에 가도 외롭지 않을 것이다. 게다가 숟가락, 젓가락, 포크, 그릇까지 다 만들어 내는 존재와 함께라면 무인도도 두렵지 않다.

예은과 범수는 미현의 옆에 같이 있었다. 재현의 아버지에게 경찰이 갔다는 소식을 들을 때까지, 미현을 돌봐 줄 사람들이 올 때까지 경찰서에서 기다렸다. 둘이 어떤 말을 보태지 않았어도 미현은 처음보다 덜 떨었고, 마지막에는 예은을 와락 껴안았다.

"고마워, 언니."

"늦어서 미안해. 더 빨리 알아야 했는데."

경찰서를 나온 범수와 예은은 천천히 걸었다. 예은은 범수가 또렷하게 보였다. 통명하긴 하지만 예은과 발을 맞추어 걷는 범수가 마음에 쏙 들었다.

"야, 김범수! 난 너 좋아, 진심이라니까. 무인도에 너랑 같이 가고 싶어. 네가 무인도에 가게 되면, 내가 옆에 있을게. 혼자 안 둘게, 진짜야!"

도망가던 범수가 걸음을 멈추었다. 예은도 덩달아 멈추었다.

"안 물어보고 일방적으로 말해서 미안."

범수는 여전히 뒤돌아선 채 오른손을 높이 들었다. 그러고는 손가락 다섯 개를 쫙 폈다.

"닷새. 생각할 시간을 줘."

"그래, 닷새다!"

다시 범수가 달렸다. 예은은 자기 그림자와 함께 뛰어가는 범수를 응원했다. 닷새면 버터나이프를 한 개 더 깎을 수 있다. 숙달자는 두 시간이면 만든다는데, 예은에겐 여전히 어렵고 힘들었다. 이번에는 범수에게 선물할 생각이다. 재현에 대한 미움과 원망이 빠진 칼날에는 걱정이 묻어날 테지만, 그래도 힘은 확실히 빠질 것이다. 단단한 나무토막을 깎아 내고, 사포질로 거친 면을 부드럽게 다듬고, 기름을 먹이면 쓸 만한 도구가 되겠지.

예은은 다시 작업을 시작할 생각에 마음이 바빠졌다. 이번에는 정말 잘 깎고 싶었다.

업데이트를
하세요

예슬은 자리에 앉자마자 반 친구들의 눈치를 살폈다. 예민지가 예슬을 힐끗 보며 눈썹을 꿈틀거리자 숨을 잠깐 멈추었다. 민지가 다시 앞을 보았을 때 참았던 숨이 터져 나왔다. 별일 없이 지나가라, 아무 일도 일어나지 마라, 예슬은 마음속으로 주문을 외웠다. 아무도 예슬에게 말을 걸지 않았다. 혹시 누군가 말을 건다면, 그건 정말 큰일이었다. 예슬은 2학년 3반에 있는 섬 같은 존재였다. 그랬는데, 진짜 큰일이 일어났다.

하늘은 파랗고, 구름이 뭉게뭉게 떠 있었다. 입을 꾹 닫고 하늘을 쳐다보던 예슬은 뭉게구름 한 조각이 뚝 떨어져서 아래로, 아래로 떨어지는 걸 목격했다. 깜짝 놀란 예슬이 눈을 비비고 있을 때, 교실 문이 열렸다.

담임이 낯선 아이와 함께 들어왔다. 전학생이었다. 그 아이가 자기 이름을 말했을 때, 아무도 제대로 알아듣지 못했다. 담임이 다시 천천히 말해 달라고 부탁했을 때, 그 아이는 'B라고 불러 주세요'라고 대답했다. B는 까무잡잡한 피부에 어눌한 말투, 교복 위에 카디건을 망토처럼 걸쳐 입은 채 사방을 두리번거렸다.

예슬은 B가 옆자리에 앉을 때 심호흡을 했다. 예슬의 옆자리가 빈 지 정확하게 두 달 만에 새로운 짝이 생겼다. 12번이 휴학을 한 뒤부터 예슬의 옆자리는 비어 있었다. 누군가 예슬의 옆에 앉더라도 자리를 바꾸는 일이 잦았고, 예슬은 짝 없이 지내는 생활에 익숙해졌다. 그런데 그 자리에 B가 앉으면서, 허전했던 교실이 갑자기 꽉 찬 것 같았다.

"안녕?"

B가 말을 걸었다. 맑고 투명한 목소리가 공기를 울렸다. 예슬은 B의 목소리가 종소리 같다고 생각했다. 다갈색 눈동자가 예슬을 빤히 보았다. 꼭 우주의 한쪽 눈 같았다. 가슴이 콩콩 뛰었다.

"아, 안녕?"

예슬은 자신에게 먼저 말을 걸어 준 B가 고마웠다. 그동안 이 교실에서 예슬에게 말을 거는 사람은 별로 없었다. 가끔 민지가 말을 걸긴 했다. 집요하고 끈질기게, 싫어하는 티를 뚝뚝 내면서.

"바예스?"

B가 예슬의 이름표를 읽었다. 예슬은 고개를 저었다.

"박예슬."

"아!"

B는 예슬의 이름을 잊지 않으려는 듯 몇 번이나 읊조리듯 속삭였다. B가 중얼거리는 소리에 예슬이 귀를 기울일 때, 앞자리에 앉은 민지가 키득거렸다.

"잰 이름도 이상하고, 어디에서 온 걸까? 필리핀, 아니면 아프리카?"

예슬은 민지 쪽으로 눈길을 조심스럽게 돌렸다. 민지는 모든 일을 똑 부러지게 했고, 반장이고, 공부도 상위권인 모범생이다. 하지만 민지는 틀리는 걸 그냥 지나치는 법이 없다. 그뿐만 아니라 다른 사람들의 생각을 자기 기준에 맞추려 했다. 뭐든 대충대충 넘어가는 예슬과 많이 달랐다. 민지는 예슬을 볼 때마다 앞머리를 더 자르라고 했다. 눈을 가리는 예슬의 앞머리를 볼 때마다 답답하다고 이야기했다. 하지만 예슬은 그럴 생각이 없었다. 앞머리가 길어도 다 볼 수 있고, 불편하지 않았다.

B가 옆자리에 앉으면서 예슬까지 주목받았다. 있는 듯 없는 듯 조용히 지내던 예슬은 갑작스러운 관심이 불편했다. 민지가 B에게 접근해서 말을 걸자 B는 단답형으로 대답하거나 말문을 닫았다. 민지는 B가 자신을 무시한다고 생각했다. 예슬은 B가 한국말이 서툴러서 그렇다고 생각했지만 입 밖으로 내지 않았다.

사회 시간에 민지의 신경을 거슬리는 일이 일어났다.

"이번 수행평가는 조별 과제로 한다."

"아아아아."

수행평가를 하기 싫은 아이들이 앓는 소리를 냈다. 그러나 사회 선생은 못 들은 척하면서 화면을 띄웠다. 화면에는 출석번호가 이리저리 흩어져 있었다. 선생이 리모컨을 꾹 누르자 번호들이 팽그르르 돌다가 네 명씩 짝을 지었다.

"뭐야! 정말 이렇게 하라고요?"

민지가 새된 소리로 외쳤다. 예슬도 얼떨떨해서 화면을 뚫어지게 쳐다보았다. 민지와 장혜원, 예슬과 B가 한 조였다.

"하필 저 둘이랑 한 팀이라니!"

민지가 투덜거리는 소리가 예슬의 귀에 꽂혔다. 예슬은 B가 그 말을 들었을까 봐 신경 쓰였다. 전학 오자마자 왕따 옆에 앉게 된 걸 눈치챘나 싶어 두려웠다. 변함없는 표정으로 보아 B는 듣지 못했거나 들었더라도 이해하지 못한 것 같았다.

"B, 네 휴대폰 번호 알려 줘."

예슬은 오랜만에 친구에게 말을 걸었다. 그러자 B가 고개를 갸우뚱거렸다.

"내 번호? 몰라, 잘."

자기 번호를 모른다니, B는 뒤바뀐 말하는 순서만큼이나 특이했다. 예슬은 B의 휴대폰을 받아 자기 번호로 전화를 걸었다. 진동과 함께 B의 번호가 찍혔다. 보통 열한 자리인데, B의 번호는 열다섯 자리였다. 예슬은 B의 번호를 저장한 뒤 그 번호로 전화를 걸었다. 띠링, 맑은 종소리가 B의 휴대폰에서 흘러나왔다.

"번호 참 길다. 국제전화는 아니지?"

"국제?"

B가 그 말이 무슨 뜻이냐는 듯 눈을 깜박였다. 예슬은 피식 웃어넘겼다. 그때 혜원이 다가왔다.

"이번 조별 과제, 민지가 각자 할 일을 나누겠대. 네가 B한테 전해 줘."

예슬은 고개를 끄덕였다. 그러자 B가 말했다.

"왜 말 안 해, 나?"

"우리 반에서는 민지가 다 결정하거든. 단톡방에 초대하는 것도, 청소 당번을 정하는 것도, 다 알아서 해."

"단톡?"

"아, 단체 톡. SNS에 우리 반 아이들이 모인 데가 있어."

예슬은 거기까지만 말할 수 있었다. 단톡방이 있다는 건 알았지만, 예슬은 초대받지 못했다. 지금처럼 전달할 말이 있을 때는 혜원을 중간에 세웠다. B는 예슬이 쉬는 한숨을 가만히 들었다.

"민지가 너는 초대할 줄 알았는데……."

"어떻게, 그거?"

B가 자기 휴대폰 대신 예슬의 휴대폰을 손가락으로 가리켰다. 예슬은 휴대폰 화면을 손가락으로 움직이면서 단톡방이 있는 앱을 알려 주었다. B가 고개를 끄덕였지만, 예슬이 슬쩍 넘겨다본

B의 휴대폰에는 온통 알아볼 수 없는 단어들이 점점이 흩어져 있을 뿐 앱이 보이진 않았다.

"업데이트를 안 했나 보다."

예슬이 중얼거렸다.

"업뎃? 무엇?"

"아, 기능이 조금씩 나아지게 하는 거야. 가끔 업데이트를 하라고 알림이 떠. 그러면 예전보다 빨라지거나 더 좋아진다니까."

B가 예슬의 휴대폰을 만지작거리더니 뜬금없는 말을 했다.

"빨리 우주 고양이를 찾아야 하는데."

B가 말한 문장 가운데 가장 완벽한 우리말 어순이었다.

"우주 고양이?"

B는 자기가 무슨 말을 했는지 잊은 듯, 아무 말도 안 했다는 듯 입을 다물었다. 하지만 예슬은 그 말을 마음에 담았다. 예슬의 반려 고양이 이름도 '우주'였다. 흔히 '코리안 쇼트헤어'라고 부르는 토종 고양이. 우주는 예슬의 속마음을 가장 많이 들었다. 그러다 바이러스에 감염돼 무지개다리를 건넜다. 이제 예슬의 마음을 알아줄 친구는 아무도 없었다. 우주 고양이, 우주, 가슴이 짜르르 아팠다.

아침부터 소란했다. 평소와 다른 소리들이 거실에서 흘러나와 방문을 타고 예슬의 귀에 들어왔다. 가족들이 빠르고 높은 목소리를 다급하게 주고받고 있었다.

"큰일 났어, 나도 늦겠어."

"내 지갑 못 봤어, 엄마?"

오빠 인배가 큰 소리로 외쳤다.

"그건 네가 챙겨야지. 박예슬, 우리 먼저 나간다?"

예슬은 눈을 감은 채 소리만 들었다. 누군가 방으로 들어와 아침밥을 먹으라거나 그만 자라고 하면서 깨우지 않았다. 충전 중인 휴대폰은 방문 근처에 있었고, 알람이 울리지 않았다.

"박예슬, 우리 나간다고!"

엄마가 외쳤다. 경고에 가까운 데시벨에 예슬이 눈을 번쩍 떴다. 날카로운 데다 똥줄이 타는 듯한 소리였다. 도대체 이 아침에 가족들이 하나같이 이렇게 발을 동동 구를 일이 뭐가 있을까.

투덜거리며 일어난 예슬은 휴대폰을 집어 들었다. 오전 8시 40분이었다. 8시 40분? 예슬은 분명히 알람을 7시에 맞춰 두고 잤다.

가족들이 얼마나 급하게 나갔는지 거실이 엉망진창이었다. 세탁기 앞 빨래 바구니에 담겨야 할 젖은 수건들이 거실 바닥과 현관문 앞에 널브러져 있고, 인배가 벗어 놓은 트레이닝 바지는 욕실 앞에, 립스틱은 뚜껑이 열린 채 싱크대 주전자 옆에, 면도기는 식탁 위에, 식탁 위 우유 컵은 엎어진 채 뚝뚝 우유를 바닥으로 흘리고 있었다. 이렇게 단체로 늦는 일은 한 번도 없었다.

늦어도 7시에는 일어나야 머리를 말리면서 아침을 먹고 학교로 갈 수 있다. 그런데 8시도 아니고, 8시 40분이라니! 다시 확인해도 시를 알리는 숫자는 7이 아니라 8이었다. 망했다. 12월 1일, 새로운 달이 시작되는 날 이런 어마어마한 일이 일어나다니! 9시까지 교실에 도착하지 않으면 지각이다.

예슬은 부랴부랴 교복을 입었다. 세수와 양치는 포기했다. 그럴 여유를 부릴 짬이 없었다. 설상가상 버스까지 늦게 왔고, 도착 정보를 알려 주는 전광판은 '점검 중'이라는 붉은 글씨만 깜박였다. 예슬의 휴대폰에 깔린 버스 앱도 열리지 않았다.

교실에 15분 늦게 도착한 예슬은 숨을 헐떡였다. 계단을 뛰어오르는 데 에너지를 폭발시켜서 옆구리가 결렸다. 꽉 차 있어야 할 교실에 아이들이 반밖에 오지 않았고, 담임도 자리에 없었다.

"안녕!"

B가 손을 흔들었다.

"헉헉, 안녕!"

B는 평온한 표정으로 공책에 그림을 그리고 있었다. 카디건을 망토처럼 펼친 B가 하늘을 날고 있었다. B 뒤로 작은 소행성이 떠 있었다.

"아직 다 안 왔네."

예슬의 말에 B는 고개를 끄덕였다.

민지는 9시 40분에, 혜원은 9시 45분에 도착했다. 지각비를 걷는 혜원이 늦는 바람에 15분 늦은 예슬은 다행히 지각비를 내지 않았다.

혜원이 마른침을 삼키며 숨을 고르는 동안 담임이 들어왔다. 담임도 상태가 썩 좋지는 않았다. 구겨진 셔츠, 대충 물만 묻혀서 빗은 머리, 삐죽삐죽 솟아난 수염, 흙이 묻은 바짓단, 게다가 빈손이었다.

“아직 안 온 사람 있나?”

“출석 부르시면 되잖아요.”

민지가 투덜거렸다.

“아, 출석부 안 가져왔네. 교무실에 못 들르고 바로 왔거든. 누가 안 왔지?”

민지가 대답하려는 순간, 스피커에서 지지직 소리가 났다.

“알립니다. 오늘 1교시는 자율학습으로 대체하고, 지금부터 2교시 수업을 진행합니다. 각 반 학생들과 선생님들은 착오 없기를 바랍니다. 그리고 선생님들은 지금 교무실로 와 주십시오.”

원고를 읽듯이 같은 말이 반복해서 스피커에서 흘러나왔다.

그 뒤로도 교실 문이 계속 열렸다 닫혔다. 10시가 다 되어 2교시가 시작될 무렵, 강한솔이 가장 늦게 교실로 들어왔다.

각 과목 선생들은 뭔가 불안해 보였다. 국어 선생은 양말을 짝짝이로 신었고, 영어 선생은 셔츠를 뒤집어 입었고, 수학 선생은 입에서 악취를 풍겼다.

예슬은 아침을 굶었고, 머리는 떡졌고, 양치는 못 했지만 그런

대로 괜찮았다. 예슬뿐만 아니라 지각한 아이들이 대부분 비슷한 상태였기 때문에 티가 나지 않았다.

“어떻게 모든 휴대폰에서 알람이 안 울릴 수가 있어?”

혜원이 머리카락 속에 손을 넣어 긁으며 말했다. 지켜보던 예슬도 근질근질 가려웠지만 꾹 참았다. 방송반인 한솔이 소곤거렸다.

“교장이 늦어서 1교시를 자율학습으로 바꾼 거래.”

종례 때 담임은 내일부터는 지각하지 않도록 신경 쓰라고 했다. 하지 말라는 것도 아니고, 해서는 안 된다는 건 더더욱 아니고, 신경을 쓰라니. 이건 또 무슨 개 풀 뜯어 먹는 소린가. 담임은 휴대폰 주머니를 가져와 각자 가져가라고 했다.

“업데이트가 잘 안 돼.”

B가 또박또박 말했다. 하루 만에 발음이 분명해지고, 표정이 밝아졌다. 예슬은 B에게 휴대폰을 건네받았다. 바탕화면 왼쪽 위에서 오른쪽 아래로 알아볼 수 없는 글자들이 내달리고 있었다. 휴대폰 밖으로 떨어지기라도 할 것처럼 글자들은 오른쪽 끝에 있는 별사탕 모양으로 향했다.

“앱이 안 깔려? 잠깐만.”

예슬은 자기 휴대폰을 꺼내, 단톡방이 있는 앱을 눌렀다.

‘업데이트를 하세요.’

앱을 열자마자 경고창이 떴다. 예슬은 경고창 아래 있는 ‘확인’

을 눌렀다. 그러자 또 다른 창이 떴다. 그 창에는 알아볼 수 없는 단어가 가득했고, 아래쪽에 버튼 두 개가 있었다. 'a'와 비슷한 단어로 시작하는 버튼과 'n'과 비슷한 단어로 시작하는 버튼이 있었다. 두 버튼에 쓰인 단어들도 읽을 수 없었다. 유료 결제 앱일 경우에 뜨는 결제창과 비슷해 보였다.

"이거 유료 아니었는데, 바뀌었나?"

이번에는 학교 앱을 열었다.

'업데이트를 하세요.'

"업데이트?"

곧바로 아까와 같은 알림창이 떴다.

예슬은 바로 창을 닫았다. 작년에 유료 결제인지 모르고 버튼을 눌렀다가 아빠 카드로 10만 원이 결제된 적이 있었다. 아빠가 엄청 화를 내면서 용돈을 깎았다. 그 여파로 예슬은 크루아상 반죽을 와플 틀에 구워 만든다는 크로플을 사 먹지 못했다. 친구들이 모두 먹어 봤다고 자랑할 때도 끼어들지 못했다. 몇 달을 참았다가 드디어 용돈이 회복된 날, 크로플을 먹으면서 다시는 아무 버튼이나 함부로 누르지 않겠노라 다짐했다.

이번에는 다른 SNS 앱을 열었다.

'업데이트를 하세요.'

뒷목이 뻣뻣해졌다. 유튜브, 포털 사이트, 알람 앱에 모두 똑같은 문구가 떴다.

"맙소사! 이게 뭐야?"

예슬의 휴대폰은 온통 '업데이트를 하세요'로 가득했다. 혜원이 예슬에게 다가왔다.

"네 것도 업데이트하래?"

"너도?"

"야, 말도 마. 아무것도 안 열려."

민지가 혜원에게 어서 가자고 손을 잡아끌었다. 예슬은 멀어지는 혜원을 물끄러미 보았다. 혜원이 민지가 한 말을 전달하는 게 아니라 직접 말을 걸었다. 종일 이상한 일만 일어났다.

B가 가방을 들며 마지막으로 이상한 말을 보탰다.

"우주 고양이를 찾아야 해. 먼저 갈게."

B가 '우주'라는 친구의 고양이를 찾아 준다는 걸까? 고양이 종이 '우주'일까, 아니면 고양이 이름이 '우주 고양이'일까?

집으로 돌아온 예슬은 컴퓨터를 켰다.

'속보입니다. 오늘 0시를 기점으로, 모든 애플리케이션에 업데이트를 요구하는 문구가 뜨기 시작했습니다. 국내 포털 사이트들은 물론이고, 국외 포털 사이트들에도 똑같은 문제가 발생했습니다. 애플리케이션을 만들고 관리하는 포털 업체에서는 영문을 모르겠다는 입장을 밝혔습니다. 단순한 오류인지, 아니면 또 다른 문제가 있는지 알아보고 있다고 합니다.'

'오늘 0시부터 휴대전화의 애플리케이션이 작동을 멈추었습니다. 이 중에는 가장 단순한 알람 기능도 포함됩니다. 오늘 하루 교사와 학생 들이 함께 지각했고, 회사원들도 지각하는 사람이 무더기로 나왔습니다. 라디오 새벽 생방송들도 결방 사태가 발생했습니다. SNS를 통해 제품을 판매하는 업체들은 주문을 받지 못해 손을 놓고 있습니다. 기상 정보를 알려 주는 앱도 작동하지 않았습니다. 이런 돌발 상황은 유료든 무료든 가리지 않고 일어났습니다. 이 사태를 바로잡기 위해 전 세계 IT 전문가들이 머리를 맞대고 있습니다. 그동안 화상통화를 하면서 의견을 교환하던 이들은 컴퓨터를 켜고 이메일로 상황을 공유하고 있습니다. 업데이트를 하세요, 다음에 뜨는 알림창은 조사가 끝날 때까지 누르지 마시기 바랍니다.'

'업데이트를 하세요. - 정체가 무엇인가?'

'업데이트는 과연 가능한가?'

'업데이트 피해 속출'

'업데이트를 하세요, 다음에 뜨는 알림창은 절대 건드리지 마세요. - 정부 조사 착수'

포털 사이트의 뉴스는 온통 작동을 멈춘 애플리케이션 이야기로 가득했다.

"맙소사!"

예슬은 탄식을 내뱉었다. 어떤 일이든 원인이 있게 마련인데, 아무도 이 사태의 원인을 모른다니 도대체 이런 일이 있을까. 업데이트하겠느냐고 묻고, 알림창이 뜨는데 앱을 만든 업체에서도 원인을 모른다니 그건 또 무슨 소리인가.

학교 앱에서 업데이트를 하겠느냐는 질문에 '예' 버튼을 눌렀다. 창은 알아볼 수 없는 언어로 쓰여 있었다. 한국어, 영어, 일어는 아니었다.

컴퓨터 검색창에 '업데이트 언어'라고 쳤더니 이미 많은 사람이 도전한 듯 여러 개의 문서가 있었다. 누군가 그 화면을 올렸고, 그 언어를 해석하고자 수많은 이들이 답글을 달았다.

'한국어, 영어, 일어는 아니네요.'

'프랑스어도 아닙니다.'

'독일어도 아니네요.'

'러시아어도 아닙니다만.'

'아랍어도 아닙니다.'

'스페인어도 땡!'

여기까진 제2외국어 영역이다.

'베트남어도 아니에요.'

'라틴어도 아닙니다.'

'히브리어도 아니네요.'

'스와힐리어도 아니군요.'

'헐, 그럼 도대체 뭐죠? 혹시 외계어인가요? 헵타포드?'

'SF를 너무 많이 보신 건가요? 갑분싸 헵타포드.'

급기야 다리가 일곱 개인 외계인 헵타포드의 언어까지 나왔다. 창에 뜬 언어는 누구도 해석할 수 없는 단어였다. 그리고 누군가는 그 창에 뜬 버튼 두 개를 동시에 눌러 보았다고 했다.

'업데이트가 되던가요?'

'휴대폰이 멈춰 버렸어요.'

예슬은 한숨을 쉬면서 컴퓨터를 껐다. 문제가 발생했지만 아무도 답을 알지 못하는 상태였다.

아빠는 일찍 퇴근했고, 엄마는 저녁 모임을 취소했고, 인배는 데이트를 포기하고 집으로 돌아왔다. 모두 시내 곳곳에 있는 전광판에 뜬 속보를 보고 이메일을 받은 터였다.

'오후 8시, 휴대폰 업데이트에 관한 정부 발표가 있을 예정입니다.'

저녁 식사를 후다닥 해치우고, 가장 손이 빠른 인배가 설거지를 했다. 그러다 컵을 하나 깨뜨렸는데, 평소 같았으면 부주의하다며 난리가 났을 엄마가 군말 없이 깨진 조각들을 치웠다.

소파에 넷이 나란히 앉아서 텔레비전을 뚫어지게 보았다. 8시 정각, '뉴스 속보'라는 커다란 자막이 화면에 떴다. 그리고 청와대 대변인이 기자 회견장에 들어섰다. 검은색 정장에 흰 셔츠, 검은 타이를 맸고 얼굴이 푸석푸석해 보였다.

"장례식장에 왔나."

아빠가 불퉁하게 말했다.

"쉿, 조용히 해요."

엄마가 아빠의 볼멘소리를 눌렀다.

"존경하는 국민 여러분."

대변인이 입을 열었다.

"우리는 전대미문의 사태에 직면했습니다. 정확하게 오늘 0시부터 휴대폰에 '업데이트를 하세요'라는 문구가 뜨기 시작했습니다. 20시간이 지난 현재, 모든 애플리케이션이 작동을 멈췄습니다. 간단한 알람과 메시지를 비롯하여 포털 사이트 검색 등 유료와 무료 앱을 가리지 않고 이 상황이 이어지고 있습니다. 현재 전 세계 IT 전문가들이 함께 '업데이트' 관련 건을 조사하고 있습니다. 그러나 어디에서 누가 이 일을 주도했는지 아직 밝히지 못한 상황입니다. '업데이트를 하세요'라는 알림창에 뜬 두 버튼을 누르는 실험이 이루어졌는데, 휴대폰이 멈추는 상황이 벌어졌습니다. 두 가지 모두에 해당합니다. 그러니 국민 여러분께서는 알림창을 누르지 마시고 조금만 더 기다려 주십시오. 우리나라는 물론이고, 전 세계 IT 전문가들이 이 사태를 수습하기 위해 노력하고 있습니다. 또한 언어학자들도 머리를 맞대고 이 언어를 해석하려고 애쓰고 있습니다. 여러분, 불편하시더라도 잠시만 기다려 주시기 바랍니다."

곧이어 질문이 쏟아졌다.

"북한의 공격은 아닌가요?"

텔레비전을 보던 인배가 투덜거렸다.

"그럴 줄 알았어. 꼭 저런 질문이 나온다니까."

대변인이 대답했다.

"북한도 이 문제에 공동 대응하고 있습니다. 현재로서는 북한에서 이 공격을 주도했다는 정황 증거가 없습니다. 그럴 만한 이유도 없고요."

또 다른 기자가 질문했다.

"그럼 외계어는 아닌가요? 지구에 가까이 다가오는 존재가 감지되었는데 감추고 있는 건 아닌가요?"

예슬이 침을 꼴깍 삼켰다.

"아직은 그런 증거도 없습니다. 현재로서는 모든 상황에 대비해 가능성을 열어 두고 살피고 있습니다."

기자들의 질문이 이어졌지만 인터넷에서 떠도는 이야기와 다를 바 없었고, 모든 대답은 '가능성을 열어 두고 있다', '살피고 있다'로 끝났다.

"내일도 알람이 안 울리겠지?"

엄마가 한숨을 쉬었다. 오늘 지각으로 오전 근무를 완전히 망친 데다가 보험 계약을 하기로 한 상대방이 기다리다 돌아가는 일까지 벌어져 곤란을 겪었다. 내일은 오전 9시에 상담이 잡혀 있고, 그 상담까지 망치면 곤란한 상황에 빠질 것이다.

"내일은 머리 꼭 감고 가야 하는데."

아빠가 머리를 벅벅 긁었다. 늦게 일어나서 머리를 못 감았더니 쉰내가 풍겼고, 머리를 긁을 때마다 비듬이 후드득 떨어졌다. 패밀리 레스토랑 점장인 아빠에게 사장은 집에 일찍 들어가라고 등을 떠밀었다. 청결이 최우선인 곳에서 직원 머리에서 비듬이 떨어진다는 항의를 받기 싫다면서, 내일도 이 모양이면 머리를 빡빡 깎을 각오를 하라고 했다.

"나도 오늘 지각했어."

예슬도 내일은 지각하기 싫었다.

"오늘은 제가 밤새고, 아침에 깨워 드릴게요."

인배가 말했다.

"오!"

"정말?"

"쌈박한데?"

가족들의 시선이 집중되자 인배는 피식 코웃음을 쳤다.

"내일은 강의 없는 날이거든요. 이런 상황이 계속 이어지면 우리도 다른 대책을 세워야 해요. 우리가 알람을 듣든 말든, 내일부턴 모든 게 정상대로 돌아갈 테니까요."

예슬은 주먹을 꼭 쥐었다. 내일은 또 어떤 일이 벌어질까. 무슨 곤란한 일이 발목을 잡을 것인가. 미래가 불투명하다는 말은 이런 상황에 딱 들어맞았다. 게임도, SNS 메신저도 못 하는 지금

과연 미래를 꿈꿀 수 있을까. 가슴이 묵직하고 답답했다.

띠링, 문자가 왔다. B였다.

'내일 9시, 맞지?'

우와, 문자는 정상이었다. 예슬은 꺅 소리를 지르며 답장을 보냈다.

'응응, 그런데 나 내일 못 일어날까 봐 걱정이야. 휴대폰 알람이 먹통이거든.'

'먹통?'

'아, 안 된다고. 모든 앱이 업데이트하라고 난리거든. 그런데 어떻게 문자는 되지?'

'문자, 전화는 업데이트 대상이 아니야.'

'뭐?'

'아침 7시, 내가 전화, 대신 부탁 있어.'

'뭔데?'

'같이, 우주 고양이, 찾아.'

또 우주 고양이 타령이었다. 이 정도면 B가 굉장히 심혈을 기울여서 찾고 있는 게 분명했다. B가 볼 수 없는데도, 예슬은 자기도 모르게 고개를 끄덕였다. B가 얼른 우주 고양이를 찾길 바랐다.

'알았어. 대신 7시에 꼭 전화해.'

문자를 끝내고 예슬은 여전히 콩닥거리는 가슴을 손으로 지그시 눌렀다. 예슬에게 B가 고양이를 같이 찾자고 부탁했다. 과제나 전달 사항이 아니라 부탁을 받다니, 정말 이상한 일이 연거푸 일어나는 날이었다.

B는 약속을 지켰다. 오전 7시에 전화벨이 울렸다.

예슬은 벌떡 일어나서 전화를 받았다.

"나야."

B는 공명감이 강한 말투로 속삭였다. 종소리가 남긴 은은한 울림이 전화기 너머에서 퍼졌다. 예슬은 이따 보자는 인사를 하고 이불을 박차고 일어났다.

밤을 새우겠다던 인배는 깜빡 잠이 들었는지 책상에 엎드린 채 자고 있었다. 예슬은 엄마와 아빠를 깨웠다.

엄마와 아빠는 인배가 아닌 예슬이 깨우자 놀라는 눈치였다.

"이제 학교 가고 싶어졌어?"

"그런 거 아니야. 지각비 내기 싫어서 그래."

예슬은 투덜거리긴 했지만 얼른 학교에 가고 싶었다. 특히 B가 한 모닝콜은 감동이었다.

민지는 1교시 중간쯤에 교실로 들어왔다. 이틀 연속 지각한 민지는 풀이 죽어 큰소리를 치지 않았다. 그동안 민지가 단단하게 지키고 있던 성벽이 허물어지는가 싶던 찰나, 혜원이 B에게 조별 과제를 어떻게 할 생각이냐고 물었다. B가 무슨 뜻이냐고 물었고, 예슬은 네 명이 같이 과제를 해야 하니 서로 뜻이 잘 맞아야 한다고 설명했다.

"그럼 쟤는 왜 혼자야?"

B가 민지를 가리켰다. 정말 민지는 외딴 섬처럼 혼자 있었다. 외돌토리였던 예슬의 자리를 민지가 차지했고, 예슬은 B에게 설명해 주면서 조금씩 교실에서 말하는 시간이 늘어났다. 그동안 예슬을 지나치기만 하던 아이들도 예슬이 B와 도란도란 이야기를 나누자 중간에 끼어들기 시작했다. 예슬은 조금씩 목소리를 돋우었고, 민지는 말이 없었다.

예슬이 반에서 외톨이가 된 데는 민지의 역할이 컸다. 민지는 예슬이 답답하다고, 느리다고, 말을 안 한다고, 무슨 속인지 알 수 없다고 몰아세웠다. 딱딱한 민지의 말을 들으면 예슬은 거북이처럼 자신의 등딱지 안으로 숨어 버렸다. 왜 민지가 자신을 싫어하는지 예슬은 알지 못했다. 그렇게 시간이 흐르는 동안, 예슬은 혼자가 되었다. B가 오기 전까지.

"오늘 늦어서 그래. 민지도 같이할 거야."

예슬이 B에게 하는 말을 들었는지 민지가 콧방귀를 뀌었다. B가 민지를 똑바로 쳐다보았다.

"쟤는 아직 업데이트가 안 됐어?"

"무슨 말이야?"

"그런 게 있어."

하루 전과 다르게 B의 말투는 어색함이 사라졌다. 우리말을 굉

장히 빨리 배우는 것 같았다. 예슬은 B의 가족 가운데 한국인이 있거나 한국과 인연이 있을 거라 짐작했다. 둘 다 아니라면 과외로 따로 배우거나.

B와 동네를 돌아다녔다. B는 휴대폰을 손바닥 위에 올려놓고 나침반이나 내비게이션을 보듯이 화면을 뚫어지게 보았다. 오른쪽 끝에 있던 별사탕이 위로 살짝 떠 있었다. 그리고 이상한 글자로 만들어진 줄이 몇 개 더 생겨서, 별사탕이 그물에 걸린 고기나 거미줄에 걸린 벌레처럼 보였다.

"이쪽이야."

예슬은 B가 이끄는 대로 따라다녔다. 시장을 지나고, 아파트 상가를 가로질러, 병원 앞에서 뛰었다가, 놀이터에서 살금살금 걸어 '엄마 손칼국수' 앞에서 멈추었다.

가게 앞 귀퉁이에 라면 상자가 놓여 있고, 그 안에서 아옹아옹 소리가 흘러나왔다.

"아깽이다!"

예슬이 먼저 상자로 다가갔다. 귀여운 새끼 고양이 두 마리가 아옹거렸다. 어미는 보이지 않고, 아직 눈을 뜨지 않은 새끼 고양이가 비틀거리며 아옹아옹 부르짖었다. 두 마리 다 흔히 보는 길고양이였다. 한 녀석은 황금색 털과 흰색 털이 세로줄 무늬로 번갈아 있고, 다른 녀석은 배쪽 털은 희고 나머지는 검은색이었다.

"아깽이?"

"아기 고양이를 그렇게 불러. 정말 예쁘다. 그런데 얘들이 우주 고양이야?"

그때 건너편 건물 쪽에서 고양이 한 마리가 다리를 질질 끌면서 다가왔다. 황금색과 검은색, 흰색 털이 섞인 어미 고양이는 꼬리를 세우고 캬르릉 소리를 내며 B와 예슬을 경계했다.

B가 몸을 낮춰 어미 고양이와 눈을 맞추었다. B가 작은 소리로 중얼거리자 맑은 종소리가 B의 목구멍을 통해 흘러나왔다. 종 한 개가 딸랑거리다가 다시 두 개, 세 개로 합쳐지는 기묘하고 맑은 소리였다. 그 소리를 들은 어미 고양이가 마치 대답이라도 하듯 소리를 냈다. 그러자 고양이가 내는 소리가 아니라 작은 풍경이 흔들릴 때 나는 소리처럼 맑은 쇳소리가 났다. B와 어미 고양이가 종소리를 주고받는 동안 새끼 고양이 두 마리 가운데 황금색 고양이가 고개를 번쩍 들었다. 그러고는 입을 동그랗게 오므리며 둘이 나누는 대화를 따라 하려는 듯 옴싹거렸다. 반면 검은색 고양이는 어미 고양이 쪽으로 다가오려는 듯 발버둥 치며 아옹아옹 소리를 냈다. 새끼 고양이들을 지켜보던 B의 얼굴빛이 흐려졌다.

상자 안으로 들어간 어미 고양이가 검은색 고양이에게 뭐라고 말하자 새끼 고양이가 앞발을 들고 어미를 공격하려는 듯 휘둘렀다. 꺄오옹, 새끼 고양이가 외치자 어미 고양이는 앞발로 황금색 고양이를 가리켰다. 야아옹, 어미 고양이가 내는 소리에 댕그랑 댕댕 종소리가 섞여 나왔다. 어미 고양이의 눈빛이 슬퍼 보였다. 고개를 끄덕이는 B의 눈에도 슬픈 빛이 깃들었다.

"재네가 우주 고양이야?"

"응, 엄마 고양이가 우리 별에서 왔거든. 많이 아프다고, 자기가 떠난 뒤 남겨질 아이들 때문에 날 불렀어."

"별? 네가 별에서 왔다고? 그럼 네 별은 어딘데?"

"B612."

예슬은 고개를 갸우뚱했다. 수성, 목성, 금성, 천왕성도 아니고, 카시오페이아, 안드로메다도 아니고, 알파벳과 숫자로 된 별 이름인데 전혀 이상하지 않았다. 어디선가 들어 본 듯한 이름이었다. 도대체 이런 이상한 이름이 왜 낯설지 않을까?

"걱정하지 마. 난 곧 돌아갈 거야. 그런데……."

"그런데?"

"한 마리는 여기 남으려나 봐. 떠나기 싫대."

"검은 고양이?"

B가 고개를 끄덕였고, 예슬은 검은 고양이를 다시 보았다. 그때 검은 고양이가 눈을 떴다. 예슬의 가슴이 쿵쿵 뛰었다. 전에 키우던 우주처럼 눈동자가 각각 검은색과 갈색인 오드 아이였다.

"내가 키워도 될까?"

"그럴 줄 알았어."

"뭐?"

"아무것도 아니야."

B는 몸을 돌렸고, 예슬은 B를 따라가다가 뒤돌아서 상자를 보았다. 검은 고양이가 아옹아옹 자꾸 말을 걸었다.

다음 날에도 B가 모닝콜을 했다. 예슬이 이따 보자고 말하자 B가 뭐라고 대답했는데, 아주 먼 데서 말하는 것처럼 들렸다. 예슬은 모닝콜을 해 준 B가 고마웠고, 자신도 B처럼 도움을 주고 싶었다. 그래서 같이 과제를 하기로 한 민지와 혜원에게 모닝콜을 했다. 둘 다 잠에 취한 목소리로 전화를 받았다.

민지가 먼저 등교해서 예슬을 맞았다.

"전화가 걸렸어?"

"통화는 계속 가능했어."

"아, 다 안 되는 줄 알았어. 전화 고마워."

민지가 쑥스럽다는 듯 어렵게 고맙다는 말을 꺼냈다. 예슬은 어깨를 으쓱 올렸다. 혜원도 늦지 않았다. 여전히 지각하는 아이들이 있었지만, 예슬은 다른 친구들보다 비어 있는 옆자리가 신경 쓰였다. B에게 전화를 걸었는데, 받지 않았다.

예슬은 계속 B에게 전화를 걸었다. 이번에는 신호도 가지 않았다.

"다 왔지?"

담임이 출석부를 펼치고 물었다. 예슬이 손을 들었다.

"B가 안 왔는데요."

"누구?"

"제 짝이요."

담임이 출석부와 예슬을 번갈아 보았다. 담임뿐만 아니라 다른 친구들도 예슬을 보며 수군거렸다.

"B라는 애가 있었다고? 무슨 소리야?"

혜원이 또렷하게 말했다. 예슬은 혼란스러웠다. 며칠 동안 자신의 짝이었던 B를 아무도 기억하지 못했다. 담임도 마찬가지였다. 예슬은 울고 싶었다.

수업이 끝나고, 집으로 돌아가려는데 한솔이 소리쳤다.

"어? 된다!"

"뭐?"

"이제 된다고. 메신저도 되고, 게임 앱도 열려!"

"진짜네!"

친구들은 이제 '업데이트를 하세요'라는 문구 없이 모든 게 정상으로 돌아왔다고 기뻐했다. 하지만 예슬은 전혀 기쁘지 않았다. 휴대폰이 뒤죽박죽일 때는 B와 함께 있었는데, 이제 다시 혼자가 되었다. 게다가 아무도 B에 대해 이야기하지 않았다. 아무 일도 없었다는 듯, 일상으로 돌아왔다.

정말 며칠 동안 꿈을 꾼 걸까? 혼자서 짝이 있다고 착각한 걸까? 울상이 되어 걷고 있던 예슬에게 띠링, 문자가 왔다.

'오늘 우리 별 고양이가 떠났어. 그래서 우주 고양이를 데리고 떠난다. 나머지 한 마리는 너한테 부탁할게.'

문자 옆에 별똥별이 빙글빙글 돌았다. B가 보낸 문자였다.

예슬은 B와 같이 걸었던 그 길로 뛰었다. 아파트 상가와 병원, 놀이터를 지나 '엄마 손칼국수' 앞까지 뛰었다. 라면 상자는 여전히 그 자리에 있었고, 가냘프게 아옹아옹 소리가 새어 나왔다. 상자 안에는 검은 고양이 혼자 남아 서성이고 있었다.

"안녕?"

예슬이 손을 내밀자 고양이가 다가와 보드라운 털을 비볐다. 예슬은 고양이를 안고 집으로 돌아왔다. 우주가 쓰던 물건들을 꺼내고, 가족들에게 고양이를 데려왔다고 단톡방에 알렸다.

'사진 좀 찍어 봐.'

'여기.'

'꺅, 귀엽다. 얘 이름은 뭐야?'

'B'

'B?'

'멋지다. 우주적이야!'

예슬은 씩 웃으며 메신저 프로필 사진을 바꿨다. 그때 또 다른 메시지가 왔다. 민지였다.

'박예슬, 프사 예쁘다.'

그러자 다른 메시지들이 연달아 도착했다.

'꺅, 귀엽다. 이 아깽이 이름이 뭐야?'

'예슬이 고양이 키우는구나. 나도 키우는데.'

예슬은 눈을 크게 떴다. 반 단톡방에 예슬이 들어가 있었다. 누군가 초대한 흔적도 없고, 모두 예슬이 예전부터 거기 있었던 것처럼 자연스럽게 말을 걸었다.

'얘 이름은 B. 오늘 데려왔어.'

그러자 민지가 바로 답을 달았다.

'B? 어쩐지 종소리가 나는 것 같은 이름이다. 잘 어울려.'

예슬은 민지의 메시지를 읽으며 고개를 끄덕였다.

B는 종소리 같은 목소리를 남겼고, 예슬을 단톡방에 넣었고, 예슬이 친구들과 어울리게 업데이트를 했다. 그러고는 우주 고양이를 데리고 훌쩍 떠났다.

"또 와, B."

예슬이 휴대폰을 들여다보며 중얼거렸다. 고양이 B가 야옹, 야옹, 종소리가 하나도 섞이지 않은 온전한 고양이 울음으로 대답했다.

내 블랙홀은

나는 계속 생각한다. 그때 내 휴대폰이 블랙홀에 빠지지 않았다면, 내가 휴대폰을 바꾸고 싶은 욕망에 사로잡히지 않았다면 어땠을까. 그랬다면 유하랑 인호와 지낸 행복한 시간들이 덩달아 블랙홀로 빨려들지 않았을 테고, 아빠가 줄담배를 피우지 않았을 테고, 언니가 나를 감시하지 않았을 것이다. 하지만 일어난 일은 되돌릴 수 없다. 나는 여전히 가슴팍까지 블랙홀에 빠진 채 버둥거린다. 한 번도 겪어 보지 않은, 엉망진창인 곳에서 가끔 생각한다. 여길 빠져나갈 수 있을까. 아무렇지 않은 듯 살 수 있을까.

"넌 잘못하지 않았어!"

그날부터 지금까지, 언니는 늘 똑같은 말을 한다. 그 말에 담긴 언니의 진심을 오롯이 느낀다. 그렇지만 나는 내 잘못 같다. 내 잘

못이 아니라면 왜 이렇게 힘든지 알고 싶다. 고장 난 태엽 인형처럼 삐걱거리다가 멈추다가 쓰러지는 일상을 반복하고 있다.

말수가 적은 아빠도 내게 자꾸 묻곤 한다. 오늘은 뭘 했냐고, 잠은 좀 잤냐고, 밥은 먹었냐고 묻는다. 내 대답이 '그냥'으로 이어져도 아빠는 참기만 한다. 차라리 참지 말지. 아빠가 확 폭발해 버리면 좋겠다. 참다가 참다가, 아빠 속이 썩어 문드러지는 게 보인다. 그게 너무 힘들다.

혼자 있을 때면 그때 내가 한 행동들을 돌이켜본다. 왜 그랬을까? 왜, 왜? 자책이 나를 더 깊은 블랙홀로 밀어 넣는다.

모든 일은 휴대폰에서 시작되었다. 내 휴대폰은 블랙홀과 같았다. 문자와 전화, 메시지를 집어삼키고는 절대 뱉어 내지 않았다. 문자에 왜 답하지 않느냐는 항의를 자주 받았다. 용량이 작은 내 휴대폰으로 사진을 내려받으려면 시간이 한참 걸렸다. 알람이 울리기 전에 방전되곤 해서 아르바이트 나가는 언니가 부산을 떨지 않았으면 일어나지 못할 뻔한 적도 많다. 나는 언니한테 물려받은 휴대폰 말고 새것을 갖고 싶었다. 문자를 제대로 받고, 전화 통화가 가능하고, 알람이 제때 울리고, 내가 기억하고 싶은 것들을 지킬 수 있는 새 휴대폰이 필요했다. 유하가 휴대폰을 바꿨을 때, 내 마음이 출렁거렸다.

강유하의 새 휴대폰은 화면이 크고, 사진이 선명하게 찍히고,

전송 속도가 빠르고, 애플리케이션 접속에 아무런 걸림돌이 없었다. 게다가 손에 쥐었을 때 그립감이 예술이었다. 값이 사악하긴 하지만 갖고 싶어 하는 사람들이 줄을 섰다는 소문이 사실이었다. 그 휴대폰이 탐났다.

“이거 알바해서 장만했어.”

유하가 속삭이고는 입꼬리를 올렸다.

“알바?”

“응, 사진 몇 장 보냈는데 돈이 들어오더라.”

사진 몇 장에 돈이 들어온다고? 그런 꿀알바가 있다니! 나는 눈빛을 반짝였다.

“송희연, 방법 알려 줄까?”

나는 고개를 격하게 끄덕였다. 유하가 그 자리에서 내 휴대폰으로 링크를 보냈지만, 전달되지 않았다. 유하는 자기 휴대폰도 그랬다며 공책에 웹사이트 주소를 끄적인 다음 쭉 찢어서 내밀었다. 나는 그 종이를 소중하게 접어 주머니에 넣었다.

돌아서는 내게 인상을 찌푸린 인호가 다가왔다.

“문자 봤어?”

인호가 잔뜩 짜증 난 얼굴로 물었다.

“아니, 안 왔어.”

김인호는 내 남자 친구였다. 나를 ‘큐티 베어’라고 부르고, 가방에 커플 큐티 베어 배지를 다는 사이였다. 내 휴대폰이 블랙홀에 빠지기 전에는 매일 수십 통의 메시지를 주고받았고, 기분이 안 좋다는 한 줄 메시지에 웃음을 불러일으키는 이모티콘을 보내던 살가운 친구였다.

"그럴 리가!"

인호가 내 휴대폰을 달라고 손짓했다. 나는 잠금 패턴을 푼 뒤 인호에게 건네주었다. 인호는 자신이 보낸 메시지가 내 휴대폰에 도착하지 않은 걸 확인하고는 양미간을 찌푸렸다. 세로 주름이 생겼다.

"뭐라고 보냈는데?"

"별거 아닌데……. 휴대폰 용량이 다 찼나 봐. 사진이랑 메시지를 좀 지워. 안 쓰는 앱도 지우고. 해 줄까?"

"내가 알아서 할게."

인호는 번번이 내 휴대폰을 정리해 주겠다고 했다. 여러 장 찍은 사진은 하나만 남기고, 확인한 메시지를 지우고, 다운로드한 사진을 지우라고 했다. 한 번 쓰고 다시 돌아보지 않는 앱들도 마찬가지였다. 하지만 나는 그러고 싶지 않았다.

인호 눈에는 다 똑같아 보이는 사진들도 미세하게 달랐다. 인호와 같이 간 꽃축제 때 찍은 사진만 해도 그랬다. 장미 아치 아래서 찍은 열 장을 살펴보면 한 장은 인호가 눈을 감았지만 나는 귀엽게 나왔고, 또 한 장은 인호가 손을 반쯤 올렸지만 나는 브이를 정확하게 했고, 다른 한 장은 내가 딴 곳을 보고 있지만 인호는 카메라와 눈을 맞추었다. 둘 다 잘 찍힌 사진은 딱 한 장이지만 나머지 사진들도 나한테는 소중한 추억이었다. 그러니 어떤 사진을 정리하고 버려야 한단 말인가. 모든 추억이 각각의 사진에 다 녹아 있는데!

메시지도 마찬가지였다. 유하가 보낸 웃긴 사진과 재치 있는 글, 언니와 티격태격하다가 슬그머니 풀어진 글, 무뚝뚝한 아빠가 한 줄씩 어렵게 보낸 글, 엄마와 싸우고 화해한 글……. 하나같이 다 소중했다. 한 글자도 지울 수 없었다. 인호는 그런 나를 이해하지 못했다. 어차피 돌아서면 다 잊힐 일이라면서 그런 디지털 쓰레기는 쌓아 두지 말라고 했다. 하지만 내겐 쓰레기가 아니었다. 절대 버리고 싶지 않은 기억이고, 잊고 싶지 않은 시간이었다.

언니 힘을 빌리지 않고, 아빠에게 아쉬운 소리 하지 않고, 오로지 내 힘으로 휴대폰을 바꾸고 싶었다. 나는 유하가 준 종이를 주머니 안에서 꼭 쥐었다.

유하가 알려 준 사이트는 열리지 않았다. 몇 번을 시도했지만 굳게 닫힌 문은 꿈쩍도 하지 않았다. 유하는 열쇠 없이 들어갔지만, 나는 열쇠를 얻어야 하는 상황이었다. 그러나 그 열쇠를 어디에서, 어떻게 구해야 할지 막막했다. 사이트 주소를 다시 클릭하니 관리자에게 쪽지를 보내는 기능이 있었다. 나는 그곳에 글을 남겼다. 그리고 한 시간 뒤, 낯선 사람이 보낸 메시지를 받았다.

'이곳에 접속하길 원하십니까?'

열쇠를 가질 기회였다. 낯선 사람이 다시 물었다.

'어떻게 알고 오셨나요?'

'친구가 알려 줬어요. 사진 몇 장만 찍으면 된다고 해서…….'

'아, 그렇군요. 혹시 여자? 몇 살?'

'여고생인데요. 안 되나요?'

'아니, 좋아. 그럼 오빠가 말 놓을게.'

한 번도 누군가를 오빠라고 불러 보지 않았다. 그런데 누군지 모르는 사람이 대뜸 자신이 오빠라며 말을 놓겠다고 했다. 나는 저 사람의 나이도, 이름도, 사는 곳도 모르는데……. 인호가 자기를 오빠로 불러 보라고 농담한 적이 있다. 고작 두 달 먼저 태어났으면서 오빠 소리를 듣고 싶어 하는 인호가 너무 꼴 보기 싫었다. 한두 살도 아니고, 몇 달 차이로 서열을 구별하는 게 마땅찮았다. 언니와 나만 해도 그렇다. 3년밖에 차이 나지 않는데, 언니는 어른 행세를 하며 미주알고주알 잔소리했다. 내게 이 메시지를 보낸 사람이 자신을 오빠라고 일컫는다는 건, 그가 나보다 나이가 많은 남자라는 뜻이었다. 그리고 그가 닫힌 문을 열어 준다면 새 휴대폰을 획득할 절호의 기회라는 뜻이었다.

'그러세요.'

그 답글로 또 다른 블랙홀이 열렸음을 그때는 몰랐다.

남자는 자신을 '캡틴'이라고 부르라면서 내 전화번호를 물었다. 그러고는 곧바로 메신저로 1만 원짜리 문화상품권을 보냈다.

'신분증 사진을 보내 주면 4만 원을 더 줄게.'

어렵지 않았다. 나는 학생증을 찍어 캡틴에게 보냈다. 그러자 캡틴이 낯선 앱을 깔라고 했다.

'이 앱을 깔면 좋은 돈벌이를 알려 줄게. 싫으면 지금이라도 관두고.'

싫을 이유가 없었다. 쥐꼬리 같은 용돈으로는 인호에게 제대로 된 기념일 선물을 하기 힘들었고, 매번 유하에게 떡볶이를 얻어 먹어야 했다. 나는 돈이 필요했다.

캡틴이 깔라고 한 앱은 보안이 철저하기로 소문난 SNS였다. 탐색에 능한 해커들도 이 앱의 강력한 보안 체계를 뚫지 못한다고 했다. 새로운 앱을 설치하기 위해 잘 쓰지 않던 앱을 지웠다. 작동이 원활하지 않던 앱을 하나 더 지웠다. 내가 앱을 깔았다는 걸 알리기도 전에 캡틴이 먼저 새로운 앱을 통해 메시지를 보냈다.

'이젠 여기로 연락하자. 오빨 믿어, 알겠지?'

'네. 그런데 어떤 알바예요?'

'별거 없어. 그냥 단순한 사진 몇 장만 찍으면 돼.'

'어떤 사진인데요?'

캡틴은 교복 입은 전신사진을 보내 달라고 했다. 언니가 전에 한 것과 비슷한 일이었다. 나는 욕실 거울 앞에서 사진을 찍었다. 그러고는 캡틴에게 바로 전송했다. 캡틴이 곧바로 5만 원짜리 문화상품권을 보냈다. 사진 두 장에 10만 원! 이대로라면 곧 새 휴대폰을 살 수 있다.

'오늘은 여기까지. 예쁜이, 또 보자.'

'예쁜이'라니! 그런 말을 내게 한 사람은 엄마뿐이었다. 그마저도 최근에는 들어 본 적이 없다. 심지어 인호도 그런 말을 해 준 적 없다. 곧바로 인호에게 메시지를 보냈다.

'있잖아, 나 예뻐?'

'갑자기 왜 물어?'

'나한테 그런 말 한 번도 안 했잖아. 누가 나한테 예쁜이라고 했거든.'

'누가? 큐티 베어, 내가 아는 사람이야?'

'됐어!'

이 순간에 큐티 베어라니! 예쁘냐고 물었는데 하필 곰 같은 별명을 부르다니! 휴대폰을 엎어 놓고 다시 거울 앞에 섰다. 널찍하고 통통한 얼굴, 군데군데 난 여드름, 한쪽 눈에만 있는 쌍꺼풀, 듬성듬성한 눈썹, 넓은 콧구멍, 뺨에 깨처럼 박힌 주근깨, 어딜 봐도 예쁜 얼굴은 아니었다. 학생증을 만들려고 사진을 찍을 때는 여드름도 별로 없었고, 적당히 보정도 했다. 어딜 봐서 예쁘다는 건지 캡틴을 이해하기 힘들었다. 하지만 달리 생각한다면 개성 있는 얼굴이긴 했다. 특히 언니도 부러워하는 흰 피부는 자랑할 만했다.

나는 갑자기 생긴 10만 원을 뿌듯해하며 혼자 웃었다. 그런데 유하가 얼떨떨한 표정으로 물었다.

"얼마를 받았다고?"

"10만 원. 학생증이랑 교복 입은 전신사진 보냈거든."

"뭐? 이상하다. 난 학생증 사진은 안 보냈는데. 어쨌든 사진 열 장 보내고 20만 원 받았거든. 그 20만 원에 용돈 모은 거 합해서 공기계를 산 거야."

나는 유하가 나와 비슷한 사진을 찍었다고 생각했고, 더 따져 묻지 않았다. 그리고 내심 유하보다 많이 받았다는 사실에 입꼬리가 올라갔다. 유하처럼 귀여운 얼굴이 아니라 나처럼 개성 있는 얼굴을 더 좋아하는구나 싶어 어깨에 힘이 들어갔다.

"너도 그 앱 깔았어?"

"무슨 앱?"

"캡틴이 앱을 깔라고 하던데. 보안이 철저하다는 그……."

유하가 눈을 깜박거렸다. 무슨 말인지 모르겠다는 표정이었다. 내 어깨에는 아까보다 힘이 더 들어갔다. 유하는 공기계를 샀지만 나는 새 기계를 살 수도 있다. 그땐 거들먹거리면서 사진을 찍어야지. 사진 두 장에 10만 원이면, 앞으로 몇 장만 더 보내면 가능할 것 같았다. 올라간 입꼬리가 내려오지 않았다.

내 기분과 달리 인호는 내게 예쁘다고 한 사람이 누구냐고 캐물었다. 같은 반 친구인지 같은 학년인지, 아니면 선배나 후배인지 묻고 또 물었다. 대답할 이유가 없었다. 그건 내 사생활이고, 아무리 남자 친구라도 일거수일투족을 꼬치꼬치 다 알려 주고 싶지 않았다.

"혹시 너, 질투하니?"

"질투라니! 남친이니까 묻는 거야. 당연하잖아!"

"신경 꺼. 알바하고 있으니까."

"무슨 알바?"

돈을 벌긴 했는데, 어떤 아르바이트인지 확실하게 답을 하기가 힘들었다. 그때 머릿속에 한 가지 직업이 떠올랐다. 언니가 잠깐 일했던 피팅 모델이 내가 한 일과 비슷했다. 언니는 새로 나온 옷들을 하나씩 갈아 입으면서 사진을 찍었다. 그때 언니는 신상 옷을 원 없이 입었지만 자신은 옷보다 못한 사람 같은 기분이었다고 털어놓았다. 다를 게 뭐 있나. 언니가 옷을 여러 벌 갈아입으면서 사진을 찍었다면, 나는 교복을 입고 찍은 사진을 보냈다. 그러니 둘 다 같은 일을 하고 돈을 번 셈이었다.

"모델로 알바하는 중이야."

"뭐?"

인호는 주먹이 들어갈 정도로 입을 딱 벌렸다. 자존심이 상했다. 언니가 지나치게 말랐지, 내가 뚱뚱한 건 아니다. 사실 말이 나왔으니 말인데, 피팅 모델들은 너무 말랐기 때문에 그들이 입은 사진을 보고 옷을 사면 망하는 경우가 많다. 옷을 제대로 선택하려면 모델 또한 나와 비슷한 몸매여야 한다. 캡틴이 내 사진을 어디에 쓸지 모르지만, 사진을 팔고 받은 돈이니까 모델료가 확실하다.

"혹시 사기꾼한테 속은 거 아니지?"

"아니야, 그딴 소리 계속하면 너랑 절교야!"

인호는 떨떠름한 표정으로 미안하다고 했다.

그때 인호처럼 의심했어야 했다. 유하가 갸우뚱거릴 때 더 캐물었어야 했다. 그랬다면 내 인생은 지금과 다른 방향으로 흘렀을 것이다. 큐티 베어라는 별명으로 계속 불렸거나, 웃으면서 바깥을 걸어 다녔겠지. 인호와 투닥거리고, 유하와 낄낄대면서 우리는 비슷한 시간을 나눴겠지. 더럽고 치사한 일에는 욕 한번 시원하게 날리고, 침 한번 뱉으면서 넘겨 버렸겠지.

그랬다면 언니가 욕실 문을 따고, 아빠가 핏물에 잠긴 나를 욕조에서 건지고, 구급차에 실려 가고, 손목에 여러 번 칼자국이 남는 일 따위는 벌어지지 않았겠지. 집 앞 슈퍼마켓을 갔다 오는 데도 엄청난 용기를 내야 하고, 한밤중에도 선글라스를 끼고 외출하지는 않았겠지.

인호가 또 이메일을 보냈다. 인호가 보내는 이메일은 잠깐 공백도 있었는데, 다른 친구들에 비하면 꾸준히 보내는 편이었다. 나는 모든 SNS 계정을 없앴고, 이메일은 늘 '읽지 않음' 상태였다.

유하가 보낸 이메일 때문이었다.

'남자애들이 영상에서 널 봤다는데, 그게 무슨 말이야? 아빠 따라 유학 간 거 아니었어? 애들이 인호한테…….'

인호가 이메일에서 그런 언급을 한 번이라도 했더라면 나는 인호의 메일을 유하 메일처럼 스팸 메일로 차단했을 것이다. 하지만 인호는 온통 걱정으로 가득한 메일을 보냈다. 답장해 줘, 연락해야 해, 제발 부탁이야…….

나는 사라지고 싶었다. 그 일이 있기 전, 캡틴을 만나기 전, 아니 내가 태어나기 전으로 돌아가고 싶었다.

사진을 보내고 닷새 만에 캡틴에게서 메시지가 왔다. 그 닷새 동안 나는 연락이 오기를 초조하게 기다렸다. 내 통통한 몸이 결격 사유가 된 걸까, 이제 돈이 생길 기회가 없어진 걸까, 내가 뜨뜻미지근하게 반응한 걸 캡틴이 눈치챈 걸까, 오만 가지 생각을 다 했다.

'안녕, 예쁜이! 잘 지냈어? 이번에는 사진 한 장에 10만 원이야.'

'아, 안녕하세요. 무슨 사진인데요?'

'어렵진 않아. 그때 네가 입었던 교복 윗도리를 벗고, 브래지어만 입은 상태로 상반신만 찍어 보내면 돼. 교복 치마는 살짝 보여야 해.'

처음에는 무슨 뜻인지 못 알아들었다. 그런 사진을 한 번도 찍어 본 적이 없고, 내 몸을 언니 말고 다른 사람에게 보여 준 적도 없었다. 언니도 아르바이트로 바빠서 밤늦게 들어오니까 내 몸은 온전히 나만 볼 수 있었다. 캡틴이 무슨 말을 하는 거야? 브래지어만 입은 사진이라니! 눈앞이 아찔했다.

내가 메시지를 읽고도 대답이 없자 캡틴이 다시 메시지를 남겼다. 캡틴이 글을 쓰는 속도는 아주 빨랐다.

'어렵겠지? 이런 일 하겠다는 애들은 널렸어. 용돈 필요하지 않아?'

캡틴의 말이 맞았다. 나는 돈이 필요했다. 당장 휴대폰부터 바꾸고 싶었다.

'15만 원. 더는 안 돼.'

5만 원이 추가되었다. 그 순간 나는 속옷 가게 앞에 서 있는 광고물을 떠올렸다. 그곳에는 브래지어와 팬티만 입고 환하게 웃고 있는 모델이 있었다. 사람들이 지켜보는 걸 아랑곳하지 않은 채 이 속옷을 입으면 자기처럼 예뻐질 수 있다고 말하는 듯 자신 있게 서 있었다. 인호에게 말했듯이 내가 모델이라면 충분히 가능한 일이었다.

'알겠어요.'

'좋아, 우리 예쁜이!'

나는 화장실 거울에 교복 윗도리를 벗고 브래지어만 걸친 모습을 비춰 보았다. 아무리 봐도 속옷 가게 모델처럼 보이진 않았다.

가슴은 커 보이고, 살이 여기저기 튀어나와 있었다. 나는 얼굴을 가릴 수 있게 휴대폰 카메라를 조정해 사진을 찍었다. 얼굴은 사진에 반만 나왔지만 빨갛게 달아오른 게 한눈에 보였다. 너무 창피하고 수치스러웠다. 그렇지만 그 순간에는 오로지 새 휴대폰만 생각했다. 캡틴이 사진을 보내라고 한 이유가 있을 것이다.

사진을 전송하기 전에 몇 번이고 삭제하고 싶은 충동을 느꼈다. 오랜 시간이 걸려 사진이 전송되었고, 캡틴이 곧바로 메시지를 남겼다.

'오, 그럴 줄 알았어! 정말 탐나는 가슴이야. 한번 깨물어 보고 싶어!'

소름이 끼쳤다. 깨물고 싶다니, 탐나는 가슴이라니! 이런 메시지를 받을 줄 몰랐다. 내 사진을 어디에 쓸 건지 물어보려는데, 캡틴이 문화상품권으로 15만 원을 보냈다.

'다음번에는 더 화끈한 걸 기대할게.'

울고 싶었다. 캡틴이 무슨 일을 벌이는지 몰라도 좋은 일은 아닌 것 같았다. 인호 말이 맞았다. 나를 예쁜이라고 부를 때 조심했어야 했다. 나는 유하에게 메시지를 보냈다.

'나한테 알려 줬던 알바 말야, 넌 무슨 사진을 찍었어?'

유하가 바로 답장을 보냈다.

'우리 집 근처에 있는 맛집에 가서 메뉴판 찍기, 버스 정류장인데 전자 표지판이 제대로 작동하지 않는 곳 찾아서 찍기, 학교

안에 들어와서 광고지 돌리는 가게 사진 찍기, 뭐 그런 거.'

'다 얼마 받았다고 했지?'

'열 장 찍고 20만 원. 용돈 모은 거랑 합해서 공기계로 샀다고 했잖아. 근데 희연아, 거기 해킹당했다던데.'

울고 싶었다. 유하가 소개한 곳이 아닌 엉뚱한 데 발을 들였다. 캡틴이 다시 메시지를 보냈다.

'다음에는…….'

나는 잽싸게 메시지를 보냈다.

'이제 그만 보내고 싶은데요.'

그러자 캡틴이 내 학생증 사진으로 답했다.

'어느 학교에 다니는 누군지 다 알아. 그리고 너, 솔숲마을 근처에 살지?'

나도 모르는 사이에 캡틴은 내가 어디 사는지도 알아냈다. 집까지 알아내다니, 이 사람 도대체 정체가 뭘까?

'더 큰돈을 벌게 해 줄게. 남자 친구 소개해 줄까?'

'저 남친 있어요!'

'그럼 따로 가르쳐 주지 않아도 잘 알겠군. 진정한 남자가 어떤 건지.'

무슨 뜻인지 몰랐다. 나쁜 사람을 조심하라는 이야기는 숱하게 들었다. 하지만 어떤 이가 나쁜 사람인지, 뭐가 나쁜 행동인지, 어떤 글이나 상황을 조심해야 하는지 알려 준 사람은 없었다. 그가 말한 진정한 남자라는 게 무슨 뜻일까. 그게 또 다른 열쇠일까, 아니면 블랙홀일까. 마음을 졸이면서 휴대폰을 내려놓았다.

캡틴은 집요했고, 내겐 그 집요함을 떨칠 용기보다 두려움이 더 강했다. 집으로 찾아온다는 말에 나는 이성을 잃었다. 캡틴이 해달라는 대로 요구를 들어주었다. 그런데 캡틴은 갈수록 더 강하고 센 걸 원했다.

수업이 끝나고 집으로 가는 길에 캡틴에게 메시지를 받았다.

'집으로 가는 길이냐?'

'왜요?'

'좀 만나야겠다.'

'저도 돈 돌려 드릴 테니까, 이젠 연락하지 마세요.'

그러자 캡틴이 주소를 보냈다. 학교와 집 사이에 있는 빵집 주소였다.

'그 앞에서 기다려. 내가 보낸 심부름꾼이 갈 거야. 그 사람을 따라오면 날 만날 수 있어.'

나는 마음을 단단히 먹었다. 현금 인출기에서 돈을 찾아서 가방 밑바닥에 넣고, 빵집 앞에서 기다렸다. 10분 뒤, 검은색 승용차가 미끄러지듯 멈춰 섰다. 짙은 선팅이 된 유리창으로는 안이 전혀 보이지 않았다. 조수석 창문이 열리고, 선글라스를 낀 젊은 남자가 운전석에서 자신의 휴대폰과 내 얼굴을 번갈아 쳐다보았다.

"타!"

남자가 다짜고짜 반말을 했다.

"캡틴을 만날 수 있어요? 전할 게 있어요."

"빨리 타."

남자가 조수석 문을 열었다. 하지만 나는 뒷좌석 문을 열고 차에 올라탔다. 남자가 내게 음료수를 건네면서 병뚜껑을 땄다. 그러고는 자신도 똑같은 음료수를 마셨다. 나는 별 의심 없이 음료수를 마셨다. 졸음이 쏟아졌다. 눈앞이 흐릿해지고, 남자가 하는 말이 멀게 들렸다.

시간이 얼마나 지났을까. 눈을 뜬 나는 소스라치게 놀랐다. 나는 낯선 침대에 누워 있었고, 내 옆에는 난생처음 보는 남자가 잠들어 있었다. 내 교복은 발치에, 속옷은 더 멀리 있었다. 온몸이 너무 아파서 움직이기 힘들었다. 나는 후들거리는 다리에 힘을 주면서 옷을 입었다. 그러고는 방문을 열고 뛰쳐나왔다. 그곳은 모텔이었다.

입술은 부르텄고, 가슴이 너무 아팠다. 게다가 어떤 곳은 쓰라렸다. 나는 겨우겨우 걸음을 옮겨 집으로 들어섰다. 언니가 집에 있었다.

"너, 뭐야? 얼굴 꼴이 그게…… 옷은 또 왜 그래? 왜 그렇게 걸어?"

나는 울음을 터뜨리다가 의식을 잃었다. 정신을 차리고 싶었지만, 내 의지로 할 수 있는 일이 아니었다.

다시 눈을 떴을 때, 나는 병원에 있었다. 내 손을 꼭 붙잡고 있던 언니가 휴대폰을 들이밀었다.

"이 메시지, 뭐야?"

캡틴이 보낸 메시지였다. 속이 울렁거리면서 구역질이 났다.

'다음번에는 30만 원 줄게. 내가 제대로 봤네. 네 가슴이 매력적이긴 한가 봐.'

나는 벌벌 떨며 휴대폰을 밀쳤다. 하지만 언니는 내 휴대폰의 잠금 패턴을 알고 있었다.

'모레, 집 근처에서 기다려.'

'왜 답장이 없어? 네 학교랑 집 주소 안다고 했잖아!'

'쉽게 갈 일을 어렵게 가지 마, 예쁜이!'

언니가 휴대폰을 들이밀었다.

"누구야, 이 사람?"

"몰라."

"몰라? 모르는 사람이 이런 메시지를 계속 보낸다고?"

언니가 나를 다그치는 사이, 캡틴이 다시 메시지를 보냈다.

'네 가슴 정도면 쉽게 돈 벌 수 있어, 고민하지 마.'

언니가 손가락을 움직였다. 나보다 휴대폰 사용이 훨씬 능숙한 언니가, 캡틴과 내가 주고받은 메시지를 확인하고는 벌떡 일어났다. 그러고는 침상 주위에 있는 커튼을 모두 둘렀다.

"송희연, 나한테 똑바로 말해야 해. 이건 아주 중요한 일이야. 무슨 일 있었는지 말해, 응?"

나는 아무 일도 아니라고 대답하고 싶었다. 하지만 내가 캡틴에게 보낸 학생증과 교복을 포함한 이상한 사진들을 언니가 모두 보았다. 그리고 내가 무슨 일을 겪었는지 진심으로 알고 싶어 했다.

"휴대폰을 바꾸고 싶었어. 엄마 사진이랑 문자…… 그거 안 지우려면……."

목이 콱 막혔다. 못 견디게 엄마가 보고 싶었다. 나를 예쁜이라고 부르던, 내 편이던 엄마를 만나고 싶었다.

"지금 산부인과 의사를 부를 거야. 그래야겠지?"

"잘…… 모르겠어. 기억이 안 나."

"어디 갔다 왔는지 기억해?"

"어떤 남자가…… 음료수를 줬는데…… 눈 떠 보니까……."

내 울음소리는 점점 커졌고, 언니 얼굴은 점점 하얗게 변했다. 언니는 산부인과 의사와 경찰을 불렀다. 경찰은 내게 기억하고 싶지 않은 온갖 일들을 묻고 또 물었다. 언니가 휴대폰을 건네며 캡틴과 내가 주고받은 메시지를 보여 주었다.

"아, 이 녀석! 악질인데……."

경찰이 대번 알은체했다. 사이버 수사대에 비슷한 피해 사례가 여러 건 접수되어 있다고 했다. 언니는 앙다문 입술을 열고 으르

렁거리듯 말했다.

“이제 어떻게 해요? 집 주소까지 아는 것 같은데. 그 남자가 보낸 돈은 어떻게 해요?”

DNA를 채취하고, 경찰과 언니가 이야기를 주고받는 동안 나는 눈을 꼭 감고 입술을 잘근잘근 씹었다. 내 블랙홀은 휴대폰이 아니었다. 어리석은 나 자신이었다. 나 자신이 싫어서 미칠 것 같았다. 죽고 싶었다.

그날 밤, 집에 돌아오자마자 아빠가 커다란 가방을 꺼냈다. 얼른 짐을 싸라고 했다. 급하게 B시로 가기로 했으니 당장 필요한 물건만 챙기라고 했다. 나는 필요한 게 생각나지 않았다. 학교도 싫고 친구들도 만나고 싶지 않았다. 살고 싶지 않은데 필요한 게 있을 턱이 없었다. 넋을 놓은 나 대신 언니가 짐을 쌌다.

“아빠 따라가. 난 모레 갈게. 일하던 거 마무리도 해야 하고.”

“언니 혼자 집에 있게?”

나는 언니가 집에 혼자 있는 게 싫었다. 캡틴이 우리 집 주소를 안다. 내가 겪은 일을 언니까지 당하게 하고 싶지 않았다.

“친구 집에 가 있을게. 네 학교랑…… 걱정하지 마, 희연아. 아무 일 없을 거야.”

언니가 나를 꼭 끌어안았다. 엄마 같았다. 올봄에 교통사고로 세상을 떠난 엄마가, 언니를 통해 나를 위로하는 것 같았다. 울고 있는 나 대신 언니가 내 휴대폰을 챙겼다. 그러고는 내 등을 떠밀었다. 얼른 도망가라고, 블랙홀에서 빠져나오라고, 힘껏 밀었다.

인호는 학교를 그만두었다. 얼마 지나지 않아 입대했고, 제대를 했다. 그 밖의 이야기는 하지 않았다. 내가 어떻게 지내는지 궁금하다는 내용으로 가득 찬 이메일을 열어 볼 때마다 입술을 깨물었다. 나는 인호가 여전히 예전 그 집에서 사는지, 아직도 매운맛 라면을 좋아하는지, 스트레스가 쌓일 때마다 코 옆에 나던 커다란 여드름은 이젠 안 나는지 묻고 싶었다. 하지만 답장을 보내지 않았다. 나는 인호에게 세상에 없는 사람이고 싶었다.

약이 바뀌었다. 이번 약으로는 잠들 수 있을까. 내가 자다가 일어나 돌아다니는 통에 언니도 잠을 설쳤다. 나는 기억하지 못하지만 언니 말로는 한밤중에 돌아다니다 옆에서 말을 걸면 대답도 하는데, 시선은 고정되어 있다고 했다. 그 상태로 돌아다니다 쿵 머리를 부딪히고, 쿵쿵 다리를 찧었다. 자고 일어나 보면 온몸이 멍투성이였다. 한번은 그렇게 돌아다니던 나를 아빠가 붙잡았는데, 괴성을 지르면서 아빠 머리를 내 이마로 박았다.

"꺼져, 이 새끼야! 내 몸에 손대지 마!"

나는 괴성을 더 지르다가 픽 쓰러졌다. 아빠는 밤새 울었다. 나한테는 별말을 안 하고 꾹꾹 눌러 오던 아빠가, 그날은 언니에게 속내를 털어놓았다.

"그 새끼를 죽여 버리고 싶다."

언니는 내려앉는 가슴을 잡고 고개를 끄덕였다. 그냥 죽이면 안 된다고, 사지를 찢어발겨야 한다고, 사람 구실을 하지 못하게 해야 한다고……. 아빠와 둘이서 세상 온갖 욕을 다 쏟아 냈다.

나는 그놈뿐만 아니라 다른 놈들도 모두 그러고 싶었다. 허리를 부러뜨리거나 눈알을 뽑고 싶었다. 혀를 뽑아야 할 사람들도 있다. 매일 살생부를 적었다. 살생부의 명단은 계속 늘어났고, 그럴수록 나는 만신창이가 되었다. 나날이 지쳐 갔다.

사람들이 무서웠다. 길에서 마주치는 남자들이 나를 쳐다보는 게 끔찍하게 싫었다. 캡틴이 어떻게 생긴 사람인지, 이름은 뭔지, 전혀 알지 못하는 상태였다. 나는 시시때때로 울었다. 밥이 잘 넘어가지 않았고, 살이 쪽쪽 빠졌다. 내가 왜 그랬을까, 바보 같은 나 자신이 너무 싫었다. 언니는 내가 잘못한 게 아니라 실수일 뿐이라고 했다. 실수, 실수…….

울면서 집으로 돌아온 나를 병원에 데려간 그날부터 언니는 삶의 목표를 바꾸었다. 나를 이렇게 망가지게 한 캡틴, 그 새끼를 붙잡아서 감옥에 처넣어야 한다고 했다. 언니는 이 사건을 조사하는 담당 경찰을 만났다. 다른 피해자들을 만나러 다닌 것도 언니였다. 그 과정에서 내가 모텔에서 겪은 일이 동영상으로 떠돌고 있음을 확인했다. 언니는 세상 욕이라는 욕은 다 퍼부으면서 그 새끼를 꼭 잡아야 한다고 길길이 날뛰었다. 나도 그 영상을 봤다.

교복이 제일 먼저 눈에 들어왔고, 그다음으로 내 얼굴이 보였다. 정신을 잃은 나와 남자들을 보고, 나는 휘청거렸다. 모든 과정이 고스란히 녹화되어 있었다. 영상을 다운로드한 사람들의 수가 어마어마했다.

아빠는 끊었던 담배를 다시 피웠고, 나는 아빠에게 담배를 끊으라는 잔소리를 하지 못했다. 나는 손목을 다섯 번 그었고, 그때마다 언니와 아빠에게 발견되었다. 마지막 한 번은 정말 죽기 직전까지 갔다. 아빠가 내 앞에서 꺼이꺼이 울었다.

"넌 피해자야. 네가 왜 이래야 해? 그 새끼, 내가 진짜 가만 안 둬. 발 뻗고 못 자게 할 거야. 두고 봐!"

언니가 악을 썼다. 나는 꼭 그래 달라고, 그래야 내가 살 것 같다고 펑펑 울었다. 다 지나간다고, 넌 혼자가 아니라고, 두 사람은 끊임없이 나를 보듬었다. 언니는 공허한 눈빛으로 음식을 거부하던 내게 기어이 숟가락을 들렸고, 일을 쉬면서 내 옆에 있었다. 나는 이름과 주민등록번호를 바꾸었다. 행여나 누가 나를 알아볼까 두려웠다. 살이 점점 빠졌다. 피팅 모델을 할 때 언니처럼, 아니 그보다 더 말라서 딴사람처럼 보였다. 아무도 나를 모르는 곳, 내가 영상에 찍힌 걸 아는 사람이 없는 곳에서 살고 싶었다. 죽고 싶은 마음만큼 살고 싶었다. 간절하게 살고 싶었다. 살아 있길 원했다.

방에서 꼼짝도 하지 않던 나를 세상 밖으로 나오게 한 건, 캡틴이 잡혔다는 뉴스였다. 언론에 공개된 캡틴은 뻔뻔하다 못해 당당하기까지 했다. 내게 메시지를 보내면서 집요하게 협박하던 그 태도와 같았다. 뭐가 이래, 난 캡이라는 말만 들어도 숨이 턱 막히는데, 뭘 잘했다고 따박따박 대답도 잘하네. 억울했다. 실수로 한 일일 뿐이라고 말하는 범죄자에게 자상의 흔적이 남은 내 손목을 보여 주고 싶었다. 저 새끼들한테 난 아무것도 아니었구나. 그냥 심심풀이였구나. 하지만 나는, 나는…….

온종일 울었다. 더는 캡틴에게 휘둘리지 않아도 된다. 그리고 이젠 저 쓰레기 같은 인간들보다 나은 사람이 되고 싶었다. 나는 내 실수에 책임을 지고 싶었다. 이제까지 미워하고 자책하느라 돌아보지 못한 나 자신을 사랑하고 싶었다. 그렇게 마음먹고 나서야 나 때문에 안절부절못하는 아빠와 언니가 눈에 들어왔다. 나는 내가 빠진 블랙홀에 모두를 끌어들이고 있었다. 캡틴이 잡혔으니, 블랙홀에서 빠져나오고 싶었다. 어떻게든, 뭐든, 하고 싶었다.

"나, 검정고시 볼래."

아빠가 울었다. 엄마가 떠난 뒤 아빠도 힘들어서 일에만 매달렸다고, 그래서 우리를 잘 돌보지 못해 미안했다고 말했다. 아빠 잘못이 아닌데 자꾸 아빠가 사과했다.

"내가 도와줄게."

예전보다 더 마른 언니가 핼쑥해진 얼굴로 웃음을 지어 보이려고 애를 썼다. 그 일이 있고 난 뒤, 우리는 한 번도 웃지 못했다.

아직 웃음은 블랙홀에 갇혀 빠져나오지 못했고, 어색한 웃음이 언니의 입가에서 반짝 나타났다가 금세 사라졌다.

아빠가 격려하는 의미로 휴대폰을 사 주었다. 언니는 내가 쓰던 휴대폰에 있던 엄마의 흔적들을 캡처해 두었다며 전송했다. 언니와 아빠는 휴대폰에 남겨진 캡틴의 흔적 때문에 힘들어했고, 엄마와 관련 있는 것만 남기고 휴대폰을 경찰에 증거자료로 넘긴 터였다.

"엄마는 이제 여기 있는 거야."

아빠가 또 울었다. 나는 고개를 주억거리며 새 휴대폰을 조심스럽게 받아들었다. 이제 엄마가 우리 곁에 없다는 걸 담담히 받아들여야 했다. 나를 예쁜이라고 불러 주던, 내 마음을 온전히 들여다보던 사람은 떠났다. 대신 이제부터 나를 보듬어 줄 두 사람이 곁에 있다. 나만큼 힘들었을 두 사람과 내일을 헤쳐 나가야 했다. 여전히 무섭고 떨렸지만, 몸속 깊은 곳에서 꿈틀거리는 살고 싶다는 마음을 모아 전원을 켰다.

전에 쓰던 휴대폰은 캡틴과 연결된 고리였지만, 내 학창 시절의 추억도 남아 있었다. 그 추억을 돌이킬 여유도 없었다. 가끔 친구들이 보고 싶었다. 깔깔대고 웃던 그 시간으로 돌아가고 싶었다. 하지만 그 시절을 떠올리면 어김없이 블랙홀이던 때도 함께 생각났다. 그 사건이 모든 것을 빨아들였는지, 좋았던 기억들조차 희미해졌다.

논술 시험은 대학교에서 치러야 했다. 내가 원서를 접수한 곳은 같은 날 오전과 오후, 두 군데 대학이었다. 그다음 날도 또 다른 대학교 두 군데에서 시험을 봐야 했다. 취직한 언니가 혼자 보내는 게 마음이 안 놓인다고 했지만, 이젠 나도 성인이니까 할 수 있다고 큰소리를 쳤다. 논술 시험장을 이동하는 방법을 알아보다가 오토바이로 수험생을 수송해 준다는 서비스를 찾아냈다. 되도록 빨리 다음 시험장으로 이동해서 시험을 치르기에 적합한 방법이었다.

아빠가 결제했고, 나는 오토바이 기사의 휴대폰 번호를 받아서 내 휴대폰에 입력했다. 휴대폰 번호가 왠지 낯설지 않았다. 하지만 어디에서 본 번호인지 생각나지 않았다.

오전에 논술 시험장에 앉아 있는 동안 입가에 웃음이 머물렀다. 강의실에 들어찬 수험생들 틈에 끼어 있는 것만으로도 평범한 사람으로 돌아온 것 같았다. 그때 같이 학교를 다닌 친구들은 지금 어디에서 무엇을 하고 있을까. 유하는 대학생이 되었을까, 인호는 어떻게 지내고 있을까.

시험장을 나오자마자 건물 앞을 서성이는 학부모들과 마주쳤다. 그들은 초조하게 자식들을 기다리고 있었다. 시험장을 나오는 자기 아이를 발견하면 손을 번쩍 들면서 아이의 이름을 불렀다. 나는 아빠가 예약한 오토바이 기사에게 전화를 걸었다.

"네."

앳된 목소리였다.

"예약한 사람입니다. 검은색 파카 입었고, 검은 가방에……. 아니다, 어디 계세요?"

"소나무 아래 있습니다. 그 건물 출구에서 왼쪽, 검정 점퍼 입었고요."

왼쪽으로 고개를 돌렸다. 소나무 아래, 검은색 점퍼를 입은 남자가 보였다. 나는 바삐 걸어 그에게 다가갔다. 헬멧을 건네던 남자가 멈칫하더니 자기 휴대폰을 꺼내 확인했다.

"송지애 씨?"

"네, 제가 송지애입니다."

"아, 타세요."

남자가 뒷자리를 손으로 탁탁 쳤다. 나는 오토바이에 올라탔다. 남자는 자신을 꽉 잡아야 떨어지지 않는다고 말했다. 그를 믿으라고, 그러면 안전하다고 말했다. 그런 말을 믿어야 하나 망설이는 내게, 남자는 다시 한번 꽉 잡으라고 했다.

"안전하게 모시겠습니다."

내가 안전한 곳이 어딜까? 그런 곳이 과연 있을까? 갑자기 무서움이 밀려왔다. 함께 시험장에 있었던 수험생들이나 그들을 기다리던 학부모 가운데 내 영상을 본 사람이 있을 수도 있다. 이 남자는, 이 사람은 봤을까?

남자가 오토바이 핸들을 붙잡았다. 부르릉, 힘찬 엔진 소리와 함께 오토바이가 살짝 움직였다. 어설프게 남자를 붙잡았던 나는 휘청거리며 떨어질 뻔했다.

"꽉 잡으세요."

남자가 다시 말했다. 끝까지 친절함을 잃지 않은 목소리에 설득당한 나는 남자의 허리를 꽉 잡았다.

시험을 보고 나온 수험생들을 태운 차들이 엉켜 제대로 움직이지 않는 사이로 오토바이가 비집고 들어갔다. 그러고는 얼마 지나지 않아 도로로 달렸다. 두 번째 시험장까지 막힘없이 내달렸다. 딱 한 번, 신호등에 걸렸을 때 남자가 입을 열었다.

"손님이랑 닮은 제 친구가 갑자기 사라졌습니다. 온갖 소문이 돌았어요. 저는 그 소문과 싸우다가 결국 학교를 그만두었지요. 그 친구가 죽었다고 생각했습니다. 너무 힘들었지요. 그러다 군대를 일찍 갔다 왔고, 이 일을 선택했습니다. 그런데 오늘, 다시 공부를 하고 싶다는 생각을 했습니다."

남자가 꺼낸 뜻밖의 이야기에 나는 아무런 대꾸도 하지 않았다. 이 사람이 무슨 말을 하려는 건지 알고 싶지 않았다. 그 일이 있고 난 뒤로 나는 사람을, 남자를 믿지 않았다. 내가 믿는 남자는 오직 한 사람, 아빠뿐이었다. 상처뿐인 나를 보듬어 주고 모든 억측과 싸웠으며, 못 볼 꼴을 다 본 뒤에도 내게 사랑한다는 말을 한 유일한 남자였다.

신호가 다시 떨어졌고, 오토바이가 달렸다. 바람이 거셌다. 콧물을 훌쩍거리는 사이에 두 번째 시험장에 도착했다.

남자가 오토바이를 세웠다. 먼저 내린 뒤 손을 내밀어 나를 잡으려 했다. 그 손을 잡지 않고 혼자서 낑낑대며 내리려다 내 가방끈이 오토바이에 걸렸다. 나와 오토바이가 동시에 휘청거렸다. 남자는 오토바이 대신 나를 붙잡았다. 그는 오토바이 무게를 온전히 자기 몸으로 지탱했다.

"시험 잘 보세요. 제가 응원하겠습니다."

남자가 헬멧을 벗었다. 인호였다. 내가 등짝을 때리면 맞아 주고, 시시콜콜한 농담을 받아 주고, 내게 사기꾼을 조심하라고 일러 주던 인호가 내 앞에 서 있었다. 그새 양미간에 있던 세로 주름은 더 깊어졌고, 살은 붙었지만 분명 인호였다. 내가 인호를 알아보았듯이 인호도 나를 알아봤다. 나는 입술을 꽉 깨물었지만, 흘러나오는 신음을 막을 수는 없었다. 인호의 점퍼에 큐티 베어 배지가 붙어 있었다. 나를 닮아서 예쁘다며 인호가 선물한 커플 배지였다.

"예전의 그 친구를 만나면 꼭 하고 싶은 말이 있습니다. 살아 있어서 고맙다고, 정말 고맙다고요. 제 넋두리 들어주셔서 감사합니다."

인호가 손등으로 코를 훔쳤다. 나도 똑같이 코를 훔쳤다.

"운전 조심하세요."

나는 수험표를 꺼내 들고 시험장으로 들어갔다. 문 앞에서 뒤

돌아보았을 때, 인호는 여전히 그 자리에 서 있었다. 내가 빠져나온 블랙홀을 인호도 빠져나오리라는 확신이 들었다. 나는 고개를 숙여 인사했고, 인호도 똑같이 따라 했다.

나는 휴대폰의 최근 통화 목록을 열어 인호 번호를 차단했다. 미안, 만나서 반가웠지만 널 보면 그때 일이 생각나. 네 경고가 또렷하게 살아나. 그럼 난 또 죽고 싶겠지. 그렇지만 네가 거기 있다면 우린 안전할 거야. 나는 살아 있을 거야. 살 거야. 잘 살고 싶어. 송희연이 아니라 송지애로, 다른 사람인 양 시침 뚝 떼고 살아갈 거야. 송지애로 잘 살다가, 다시 널 만날 만큼 건강해지면 그땐 말할게.

"고마워."

다시 만날 때까지, 잘 살게. 진짜 잘 살아 볼게. 그땐 나와 인호가 마주 보며 같은 말을 할 수 있기를…….

"살아 있어서 참 다행이다!"

우리에겐

오븐이 있고

반갑습니다, 권지혜입니다. 어디에서 오셨다고 했죠? '다양한 사회' 박진리 연구원이시라고요. '너도'에 오신 걸 환영합니다. 서울에서 오셨어요? 아, 처음 오셨다면 길이 만만치 않았을 텐데, 익숙해지면 출퇴근도 가능하답니다. 아빠가 여기서 서울까지 출퇴근하셨거든요. 지금은 다리가 한 개 더 놓여서 그나마 빨리 오신 거예요. 가족들 이름을 알려 달라고요? 아빠 이름은 권민수, 오빠는 권순범, 엄마는 송현지예요.

너도에 산다고 하면 다들 웃던 시절이 있었어요. 여기 오래된 너도밤나무가 몇 그루 있어서 섬 이름이 너도가 되었대요. 너도는 작은 섬이었는데, 간척 사업을 하고 다리가 놓이고 학교가 생기면서 젊은 사람들이 들어와 살기 시작했대요. 우리 부모님도 서울살이를 정리하고 이곳, 너도로 들어오셨어요. 너도는 도심에서 멀지 않은 곳에 자기 집을 갖고 싶은 사람들에게 매력적인 공간이었어요.

오빠는 여기 오는 걸 싫어했어요. 친구들이랑 헤어지는 것도 그렇고, 무엇보다 놀러 다닐 곳이 없다고 투덜거렸죠.

"너도나도 들어와 살라고 너도야?"

오빠가 불퉁하게 쏘아붙인 말에 아빠는 우하하 웃었어요.

서울에서는 좁은 아파트에서 살았는데, 여기는 보시다시피 마당이 있잖아요. 그리고 멀리 바다도 보이고요. 옥상에서 보면 더 잘 보여요. 특히 해 질 때 풍광이 아주 멋져요. 오빠도 풍경은 끝내준다고 했지만, 그래도 지루할 거라고 덧붙였어요.

너도로 들어오면서 살림살이를 꽤 많이 정리했어요. 그런데 엄마는 오븐만큼은 꼭 갖고 싶어 했어요. 엄마는 간호사였는데, 빵과 과자를 좋아했어요. 그래서 아빠가 전기 오븐을 샀어요. 엄마는 태양열 전지판이 있으니까 걱정 없이 쓸 수 있다고 웃었죠. 아빠는 엄마가 빵과 과자를 직접 만들겠다고 하자 무모한 도전은 하지 말고 차라리 사 먹자고 농담을 했어요. 읍내에 빵집도 있으니까 퇴근길에 사 오면 된다고요. 그래도 정 만들어 먹고 싶다면 아빠랑 같이 만들어 보자고 했지요. 그런 농담을 주고받던 때도 있었네요.

참, 손님한테 차 대접도 안 했네요. 커피를 즐기지 않아서 원두커피는 없어요. 인스턴트커피랑 꽃차 있어요. 꽃차 드신다고요?

그럼 제가 만든 메리골드 차로 드릴까요? 네, 잠깐만 기다리세요.

진리 씨, 꽃차 향이 좋죠? 뜨거우니까 천천히 드세요.

아, 이 사진, 신문에 났죠. '솔라드 격리를 슬기롭게 넘긴 아이들'. 오빠는 그날 인터뷰 때도 기분이 안 좋았어요. 자꾸 아이들이 어쩌고, 애들만 있어서 어쩌고, 막 그랬거든요. 오빠랑 엄청 싸워서 제 표정이 이래요. 자긴 얼굴 팔리는 게 싫다고, 나더러 다 하라는 거예요. 나도 얼굴 알려지는 건 원치 않았는데 막무가내였어요. 자기 덕분에 살아난 공을 잊지 말라나요. 그래서 저도 참았던 말을 막 쏟아 냈어요. 나도 손 놓고 있진 않았거든요. 솔직히 나 아니었으면 자기도 난감했을 텐데.

그게 벌써 10년 전이에요. 세월 참 빠르네요. '솔라드', 이름이 엄청 길었는데……. 가물가물하네요. 아, 맞아요. 신종 솔라드 바이러스 감염증! 감염 경로 때문에 말이 많았어요. 지금까지도 오리무중이긴 하지만, 어쨌든 난 자연이 사람에게 보내는 경고라고 생각해요. 바이러스가 동물과 사람에게 공통으로 전염되는 특징이 강했잖아요. 그때를 생각하면 지금도 아찔하답니다.

나는 고등학교 진학을 앞두었고, 오빠는 대학에 합격한 때였어요. 꿈에 부풀어 있었죠. 오빠가 대학에 합격한 기념으로 가족 여행을 가려고 했어요. 큰맘 먹고 첫 국외 여행을 갈 계획을 세웠거든요. 그런데 못 갔어요. 외국에서 퍼지던 바이러스가 우리나라로 넘어왔거든요. 세계가 일일생활권이 되면서 바이러스도 손쉽게 퍼지더라고요. 처음에는 여행을 못 가서 속상했고, 곧 잠잠해질 거라 생각했어요. 대수롭지 않게 생각했지요. 한 달만 참으면, 거기에 일주일만 더 참으면……. 그러던 게 2년 넘게 갈 줄 누가 알았겠어요. 백신은 1년 뒤에 나왔지만, 그걸 맞은 다음에도 여전히 조심해야 하는 상황이 이어졌어요.

그런데 그 옛날 일을 왜 조사하는 건가요? 아, 생존자들의 이야기를 수집하는 중이라고요. 맞아, 생존자. 그때 우리를 부르는 이름이 그랬어요. 그 단어가 참 아프게 다가왔는데, 여전히 가슴이 콕콕 쑤시네요.

첫 환자가 발생하고 얼마 지나지 않아 사망자가 생겼어요. 그때도 덤덤했던 것 같아요. 아시다시피 너도와는 먼 이야기였거든요. 오빠 말대로 심심하기 짝이 없는 곳이었으니까요. 서울에는 흔한 피시방도 없었고. 피시방 아시죠? 요즘도 많이 있나요? 어쨌든 그땐 피시방이 청소년들이 주로 놀던 공간이었어요. 아무튼 너도에 학교가 있는 게 신기할 정도였어요.

겨울 방학이 다가올 때쯤, 심상치 않은 소식이 들리기 시작했어요. 갑자기 감염자가 폭발적으로 늘어나고 병실 배정을 기다리던 환자들이 사망했대요. 뉴스에서 보여 주는 감염자 그래프는 올라가기만 하고 내려오지 않았어요. 겨우 내려오는가 싶으면 다시 올라가곤 했거든요. 그래도 너도에서는 불안하긴 했지만 평온

한 편이었어요. 감염자도 없으니 사망자는 아예 찾아볼 수 없었지요. 2월까지는 그랬어요.

겨울이 지나고 3월, 오빠와 나는 학교에 가지 못했어요. 나는 버스를 타고 읍에 있는 고등학교에 다녔는데, 학생 수가 많지 않았지만 그래도 만약의 경우를 대비해 비대면 수업으로 전환한다고 했어요. 오빠는 입학식은커녕 학교에 발을 들이지도 못했어요. 고등학교보다 대학교가 더 위험하다나요. 학생들이 전국에서 오니까 강의실에 감염자가 한 명만 발생해도 순식간에 전국으로 퍼질 수 있다는 거예요. 솔라드 바이러스는 호흡기로 전파되었어요. 감염되면 열이 나고 기침을 하는데, 이 기침에 바이러스가 퍼졌어요. 그래서 마스크를 써야 했어요. 뉴스에서 마스크를 사려고 줄을 길게 선 사람들을 봤어요. 한 시간을 기다렸는데 마스크가 떨어졌다는 말에 약사와 대판 싸우기도 했다죠.

너도에서는 마스크가 부족하지 않았어요. 감염자가 없었고, 너도 밖에서 심각한 일이 벌어진다 해도 다리를 건너 너도로 들어오면 안전했거든요. 그래도 우리 아빠처럼 출퇴근 때문에 너도 밖으로 드나드는 사람들은 각별히 주의해야 했어요. 아빠는 세차를 평소보다 자주 했고, 손도 자주 씻었어요. 손에 있는 기름기가 다 빠져서 습진에 걸릴 지경이었죠.

찻물을 더 부어야겠어요. 이제부턴 아주 긴 이야기가 시작될 테니까요.

4월 11일이었어요. 그날은 영국으로 출장 간 아빠가 돌아오기로 한 날이었어요. 오전에 엄마가 집에 들렀어요. 병원에 있을 시간에 웬일이냐고 물었더니, 외할아버지가 위독하시댔어요. 엄마는 짐을 간단하게 챙겨 외가로 갔어요. 오빠는 노트북으로, 나는 데스크톱으로 화상 수업을 하면서 잘 다녀오라고 고개만 까닥였어요. 그때 엄마 표정이 생생하게 기억나요. 낯빛은 하얗게 질리고, 넋이 반쯤 나간 것 같았거든요.

"지혜야, 아빠는 오늘 저녁에 오신다고 했으니까……."

"응, 다녀와요."

엄마가 너무 슬퍼 보였어요. 그래서 수업을 받다가 몸을 일으켜서 엄마를 꼭 끌어안았죠. 엄마가 몸을 살짝 떨더니, 수업 들으라며 나한테서 떨어졌어요. 그러고는 눈가에 맺힌 눈물방울을 닦았죠.

엄마가 대문을 여는 소리를 들으며, 계속 수업을 들었어요. 외할아버지가 걱정스러웠지만 걱정한다고 낫는 건 아니잖아요. 게다가 엄마가 갔으니 금방 털고 일어나실 거라 믿었어요. 외할아버지가 삼 남매 중에 엄마를 제일 예뻐하셨거든요.

그날 저녁에 오빠와 함께 아빠를 기다리고 있었어요. 그런데 아빠가 늦게까지 안 오는 거예요. 배에서 꼬르륵 소리가 났고, 오빠가 투덜거리더니 아빠한테 전화를 걸었어요. 아빠가 전화를 안 받는다고 했어요. 내가 톡을 보냈는데 그것도 읽지 않더라고요.

잘 도착했는지, 집에 몇 시쯤 오는지 물어보고 싶었어요.

배가 고프다며 투덜거리던 오빠가 라면을 끓였어요. 엄마와 아빠가 없는 날은 라면 먹기 딱 좋잖아요. 설거지는 나더러 하라고 떠밀고는 거실 소파에 앉더라고요. 설거지를 마치고 거실로 나왔더니 오빠가 손톱을 잘근잘근 씹으면서 텔레비전 뉴스를 보고 있더군요.

"신종 솔라드 바이러스 감염증 환자가 폭발적으로 증가하고 있습니다. 특히 국외 감염자가 나날이 증가하고 있기 때문에 오늘부터 국외에서 오는 입국자들을 별도로 관리하기로 했습니다. 어제 자정부터 시행된 감염법에 의한 조치로, 비행기에서 내린 입국자들은 무슨 영문인지 모르는 채 임시 생활시설로 이동했습니다. 이들은 2주 동안 격리되고, 2주 뒤 검사에서 음성 판정을 받을 경우 귀가할 수 있습니다."

"맙소사!"

오빠가 앓는 소리를 냈어요.

"아빠도 격리된 거야?"

"그런가 봐."

"그래도 연락이 안 되는 건 좀 심하잖아."

오빠도 불안했는지, 아빠한테 계속 전화를 걸었어요. 나도 마찬가지였지요. 하지만 아빠는 전화를 받지 않았어요. 그날 밤은 우리만 집에 있었어요. 거실 불을 환하게 켜 놓고, 창문을 걸어

잠근 뒤 잠을 청했어요. 사실 엄마와 아빠가 집에 있을 때도 살갑게 말을 나누는 편은 아니었어요. 오빠랑 나는 방에 콕 박혀서 잘 나오지 않았거든요. 친구들하고 수다 떨고, 게임하고, 딴짓하다 보면 하루가 후딱 지나갔거든요. 아빠도 퇴근하면 거실에서 텔레비전을 틀어 놓고 한참 보다가 잠들었고, 엄마는 그 옆에서 책을 읽었어요. 그런데 텔레비전 소리도 안 들리고, 두 사람이 두런거리며 나누는 대화도 없는 밤은 정말 이상했어요. 아빠한테 연락이 닿았더라면 좀 덜했을까요? 그날 밤은 잠을 설쳤어요.

오전 6시에 눈을 떴어요. 부엌에서 달그락거리는 소리가 들렸거든요. 나는 엄마나 아빠가 돌아왔으리라 생각하고 벌떡 일어났어요. 그런데 두 사람 대신 오빠가 싱크대 앞에 서 있는 거예요.

"일찍 일어났네?"

"안 잤어."

나는 정말 깜짝 놀랐어요. 오빠는……. 네, 권순범 맞아요. 오빠 별명이 잠보였거든요. 잠이 워낙 많아서 대학에 들어간 게 신기하다고 놀림을 받을 정도였어요. 그런 오빠가 안 잤다는 건 희한한 일이었죠.

"할아버지가 돌아가셨대."

하품을 하던 나는 입을 벌리고 두 팔을 뻗은 채 굳어 버렸어요.

"그럼 우리도 가?"

오빠가 고개를 가로저었어요.

"못 가. 어제 밤부터 너도대교가 통제되고 있대."

"뭐?"

"긴급차량하고 허가받은 차량만 드나들 수 있어. 우리, 여기 갇혔어."

외할아버지가 돌아가셨다는 소식은 새벽에 문자로 왔대요. 잠을 설치던 오빠는 그 문자에 일어났고, 일어난 김에 휴대폰을 보다가 너도대교가 통제된 걸 알았대요. 아직 솔라드 바이러스가 퍼지지 않은 곳을 청정 지역으로 정하고, 청정 지역으로 지정된 곳들을 보호하기 위해서 출입을 금지한다는 거예요. 그러니까 엄마와 아빠가 너도 밖에 있는 사이에 오빠와 난 고립된 셈이죠.

암담했어요. 사실 오빠하고 사이가 나빠서 더 그랬어요. 오빠는 내가 하는 것마다 사사건건 마음에 안 들어 했고, 나도 오빠가 하는 건 다 싫었어요.

외할아버지가 돌아가셨다니 기운이 쭉 빠졌어요. 그날 화상 수업을 어떻게 들었는지 기억이 잘 안 나요. 심지어 국어 시간에는 울었어요. 당황한 선생님이 이 시가 그렇게까지 슬프냐고 물어볼 정도였죠.

저녁에 엄마와 통화를 했죠. 엄마는 아빠가 연락이 안 된다는 말에 당황했어요. 그런데다 너도로 들어오는 길이 막혔다는 말에 더 놀랐고요. 밥솥에 밥이 떨어졌다고 하자 엄마가 밥하는 법을 알려 줬어요. 외할아버지를 잃은 엄마 목소리는 착 가라앉아서 더 물어보기 미안했어요. 그래서 알아서 하겠다고 했지요. 부엌은 엄마와 아빠가 번갈아 쓰는 공간이에요. 밥은 엄마가 하고, 고기를 굽거나 생선을 조리는 건 아빠가 하고, 나와 오빠는 먹는 데 집중했어요.

밥을 하려고 부엌으로 나갔더니, 오빠가 냉장고를 열어서 이것저것 살피고 있더라고요. 출출한 모양이라고 생각하고 쌀통을 열었어요. 쌀이 반 정도 차 있었어요.

"밥하려고?"

"응."

둘만 있으니까 자꾸 오빠가 말을 걸었어요. 대답하기도 귀찮았지만, 벌써 라면만 몇 끼를 먹었더니 밥이 너무 먹고 싶었거든요.

쌀을 씻고 밥을 하는 동안 오빠는 계속 냉장고 문을 열었다 닫았다 했어요. 밥은 질었지만 먹을 만했어요. 다행히 오빠도 숟가락을 떴어요.

"냉동실에 고기가 조금 있고, 채소도 있네. 많지는 않고."

"엄마 곧 오실 거야, 아빠도."

"그래야지."

그땐 정말 그럴 줄 알았어요. 오빠도 나도……. 흑, 죄송해요. 주책이네요. 그때 일을 생각하면 아직도 울컥거려요. 잠깐 쉬었다 해도 될까요? 고맙습니다.

하루 이틀이면 풀릴 줄 알았는데, 그게 아니었어요. 상황이 점점 나빠졌어요. 스포츠댄스, 탁구, 헬스, 요가를 배우던 사람들이 감염되었죠. 건강하게 살기 위해 운동하던 사람들이 오히려 솔라드 바이러스를 옮겼어요. 환기가 안 되는 좁은 공간에 다닥다닥 붙어서 일하던 콜센터 상담사들, 교회에서 예배 보던 교인들, 그리고 노인과 장애인 들이 시설에서 감염되었어요. 감염자 숫자를 표시한 그래프는 매일 올라갔어요.

아빠는 여전히 연락이 닿지 않았어요. 전화, 문자, 메시지, 이메일, 모두 불통이었어요. 아빠가 이 세상에서 휙, 사라져 버린 것 같았어요. 전화는 그렇다 쳐도 왜 메시지 확인도 안 하는 건지 궁금했어요.

엄마가 전한 소식도 별로 좋지 않았어요. 병원에서 파견 근무를 하라고 했대요. 솔라드 관리 지정 병동에 들어가라고요. 거기 들어가면 집으로 돌아오는 건 한참 뒤에나 가능하댔어요. 당분간 연락이 안 될지도 모른다고 했어요.

네, 맞아요. 우리 둘만 남았지요. 처음에는 견딜 만했어요. 쌀도 있고, 냉장고에 있는 음식들을 파먹으면서 그럭저럭 지냈답니다. 그런데 열흘이 지나자 쌀이 떨어졌어요. 엄마와 아빠는 우릴 위해서 카드를 남겨 놓는 분들이 아니었어요. 집에 현금을 쌓아 두고 살지도 않았고요.

마지막 쌀을 탈탈 털어서 지은 밥을 먹었어요. 오빠한테 한 공기를 주고 나니, 내 밥그릇은 반 공기밖에 안 차더라고요. 내 밥그릇을 본 오빠가 자기 밥을 덜어서 내 밥그릇에 놓았어요. 이제 라면도 한 봉지밖에 안 남았다고 말했더니 오빠가 대책을 세우자고 했어요. 굶어 죽을 수는 없으니까요.

그날, 우리는 부엌과 다용도실을 싹 뒤졌어요. 국수와 시래기가 있고, 강력분 한 포대, 박력분은 포대가 열려 있었지만 그래도 한 포대에 가깝게 남아 있었어요. 그리고 용도를 잘 모르는 가루가 든 병이 여러 개 나왔는데, 엄마가 과자와 빵을 만들기 위해 사 놓은 재료 같았어요.

"통장에 있는 돈을 찾을까?"

내가 묻자 오빠가 고개를 저었어요.

"그것부터 홀랑 써 버리면 더 힘들어질 땐 대책이 없잖아. 우리한테도 믿는 구석은 있어야 해."

와, 정말 그때 처음으로 오빠가 어른 같았어요. 만약 오빠가 그렇게 말하지 않았다면 우리는 통장에 남은 돈 때문에 또 싸웠을 거예요. 나는 모형 장난감을 수집했는데, 용돈의 대부분을 거기에 썼어요. 나중에 알고 보니 오빠도 입학금을 내는 데 보태서 통장 잔액이 별로 없었대요. 그러니까 사실 우리한테는 믿는 구석도 없었지만, 그땐 있다고 믿었던 거예요.

나는 인터넷으로 우리가 가진 식재료들의 활용 방법을 검색하기 시작했고, 오빠가 주머니에 남은 돈을 털어서 쌀을 산다며 자전거를 끌고 나갔어요. 문단속을 잘하라고 신신당부했고요.

밤 9시쯤이었어요. 읍에 가서 오빠가 쌀을 사 오는 30분 동안, 나는 오빠도 돌아오지 않을까 봐 발을 동동거렸어요. 늦은 시간에 나가는 오빠를 잡지 않은 걸 후회했어요. 많이 싸우고 꼴도 보기 싫을 때가 많았는데, 둘만 남으니까 오빠마저 없으면 안 될 것 같았어요.

혼자 있으려니 집이 너무 커 보이더라고요. 나는 방마다 불을 켰어요. 그러고도 무서움이 가시지 않아 현관 불도 켰죠. 화장실 불까지 다 켜고, 커튼도 쳤어요. 그러고는 내 방에 틀어박혀서 문을 아주 조금만 열어 뒀어요. 자전거 바퀴가 마당을 가로질러 오는 소리가 들리자 벌떡 일어났지요. 오빠 얼굴을 보는데 왈칵 눈물이 쏟아졌어요.

"왜 그래? 무슨 일 있었어?"

오빠가 살갑게 물어보더라고요.

2킬로그램짜리 쌀 한 봉지밖에 못 구했대요. 다리가 통제된다는 소식을 듣자마자 사람들이 생필품부터 샀다는데, 우린 그런 생각을 전혀 하지 못했거든요. 오빠는 쌀과 함께 달걀 한 판, 천 마스크 넉 장을 사 왔어요. 집에만 있어서 몰랐는데, 마트에 들어갈 때도 마스크가 없으면 안 된다는 거예요. 달걀 한 판을 냉장고에 넣는데 부자가 된 기분이었어요.

"읍에 있는 빵집이 문을 닫았더라."

"응? 그 집이 왜?"

"아저씨가 서울에서 출퇴근했잖아."

그러니까 이제 너도에는 빵집도 없고, 쌀도 구하기 힘들다는 뜻이었어요. 마트에 휴지도 동이 났다는 말에 후다닥 다용도실로 뛰어갔어요. 다행히 아직 남아 있더라고요. 오빠는 한 번에 쓸 양을 정해야 한다고 했어요. 우리는 메모장에 아껴 써야 할 물건의 목록을 쓰기 시작했지요. 쌀을 아껴 먹어야 하고, 반찬도 마찬가지였어요. 모든 게 부족한데 밀가루만 풍족했지요. 내가 빵과 과자를 만들어 보자고 제안했을 때, 오빠는 그게 가능하냐고 되물었어요. 생 밀가루를 먹을 수는 없으니까 그렇게 버텨 보자고 했지요. 우리는 엄마가 보던 요리책을 펼쳐 놓고, 가장 간단하고 쉽게 만들 수 있는 걸 찾아봤어요.

재료들은 일관성이 없었어요. 빵을 만드는 데 강력분이 필요하다는 건 알아냈지만, 거기에 필수적으로 들어가야 하는 이스트가 없었어요. 그래서 우선 강력분은 제쳐 두고, 박력분으로 만들 음식을 살펴봤어요. 다행히 베이킹파우더가 넉넉했어요.

오빠와 나는 책을 같이 보면서 케이크 가운데 요기가 될 만한 것을 골랐어요. 둘 다 파운드케이크를 굽는 데 동의했어요. 전에 아빠가 구운 파운드케이크를 먹었던 기억이 떠올랐어요. 딱 그만큼의 박력분이 포대에서 비었던 거예요.

파운드케이크 좋아하시는구나. 방금 입맛 다셨잖아요. 그렇죠? 한 조각 드릴까요? 그럼요, 그 정도는 얼마든지 대접할 수 있어요. 잠깐만 기다리세요.

아유, 맛이 훌륭하다니! 그런 극찬을 받으니 민망하네요. 사실 공을 많이 들이긴 했어요. 우리가 만들었던 파운드케이크가 결국 우릴 살린 셈인 걸 그땐 몰랐죠.

한 조각 더 드릴까요? 차랑 같이 드세요. 파운드케이크라는 이름은 밀가루, 달걀, 버터, 설탕이 각각 1파운드씩 들어가서 붙은 거래요. 처음 들으셨다고요? 저희는 아예 몰랐어요. 나중에, 만들다가 알게 되었죠.

처음 만든 파운드케이크 맛이 지금도 생생하게 기억나요. 만드는 동안 달걀을 바닥에 떨어뜨렸고, 박력분을 쏟고, 버터를 녹이려다 흘리고, 그야말로 엉망진창이었어요. 둘이 서로 잘못을 탓하느라 다음 단계로 넘어가기 힘들 정도로 싸우면서 만들었지요. 그런데 오븐에서 파운드케이크가 구워지는 냄새가 풍기자 오빠를 미워하던 마음이 사르르 녹더라고요. 어쨌든 오빠가 달걀을 사 온 덕분에 만들 수 있었으니까요.

요리책대로 만들었는데, 틀 네 개를 채우는 양이었어요. 그래서 한 개를 먹고 난 뒤 한 개는 냉장실에, 두 개는 냉동실에 넣었지요. 앞으로 어떤 일이 벌어질지 누가 알았겠어요?

다음 날, 늦게 일어나서 아침도 못 먹고 화상 수업부터 듣기 시작했어요. 쉬는 시간에 화장실에 들렀고, 파운드케이크와 물잔을 갖고 컴퓨터 앞에 앉았어요. 배가 몹시 고파서 수업이 다시 시작하는지도 모르고 우걱우걱 먹고 있었어요.

"권지혜 학생?"

모니터에 뜬 선생님이 내 이름을 불렀어요. 수업 준비도 하지 않고 먹는 데 정신이 팔린 날 보며 얼마나 한심하셨을까요. 난 입에 든 파운드케이크를 오물오물 씹으면서 수업을 들었어요. 접시에 남은 파운드케이크를 계속 노려보면서 기회를 엿보았지요.

쉬는 시간에 같은 반 친구, 진윤희가 메시지를 보내왔어요.

'파운드케이크, 어디서 샀어?'

'어제 집에서 만들었어.'

'만들었어? 나, 그거 되게 좋아하는데. 빵집이 문을 닫아서 너무 우울해. 조금만 주면 안 돼?'

안 될 건 없었어요. 두 개나 남아 있었으니까요. 하지만 그걸 만드느라 고생한 순간들이 스쳐 지나갔어요. 쌀을 사러 나간 오빠를 기다리며 조마조마했던 시간까지 담긴 케이크였거든요.

'너희 집에 쌀 있어?'

'쌀? 있지. 우리 농사짓잖아.'

유레카! 듣던 중 반가운 소리였어요. 그래서 윤희에게는 가족들과 상의하겠다고 했어요. 수업이 귀에 잘 들어오지 않더라고요. 사실 수업 몇 시간 듣는 것보다 어떻게 살아남을까 고민하던 때였으니까요. 오빠만 해도 그래요. 예전에는 라면을 끓여 먹고 번번이 설거지를 안 하는 통에 짜증을 일으키곤 했거든요. 그랬던 오빠가 달걀을 깨고, 밀가루를 계량하고, 심지어 설거지까지 했으니까요.

저녁을 먹으려고 부엌에 나왔는데, 휑한 부엌이 너무 낯설었어요. 든 자리는 몰라도 난 자리는 안다는 말, 절로 실감 나더라고요. 엄마와 아빠가 같이 부엌에서 도란도란 이야기하던 순간이 먼 옛날 같았어요.

파운드케이크를 또 먹을 수는 없어서 밥을 하려고 했는데, 밥솥에 밥이 들어 있었어요. 세상에, 오빠가 밥을 했더라고요.

저녁을 먹으면서 오빠한테 윤희와 나눈 이야기를 했어요. 그랬더니 오빠가 숟가락을 내려놓더라고요. 그러고는 옆에 놓인 휴대폰 화면을 분주하게 건드렸어요.

"너, 이 마켓 앱 알아?"

"그게 뭔데?"

"오늘 수업 듣는데, 어떤 학생이 자기가 이 앱으로 교재를 샀대. 걔만 아니라 다른 애들도 알고 있는 눈치더라고."

오빠는 파운드케이크와 쌀을 바꾸는 건 윤희만으로 끝내면 안 된다고 했어요. 아직 아빠한테 소식이 없고, 엄마도 언제 돌아올지 모르는 상황이니 길게 내다봐야 한댔어요. 제 생각도 마찬가지였어요. 아빠만 생각하면 가슴이 답답했어요.

우리는 밥을 먹다 말고 마켓 앱을 깔아서 이것저것 구경했어요. 기본적인 구조는 한 동네에서 물건을 교환하거나 싼값에 중고 물품을 파는 시장이었어요. 공간이 따로 필요 없다는 게 읍에 있는 시장과 달랐죠.

오빠가 자르지 않은 파운드케이크를 식탁에 놓았어요. 내 방에 있던 스탠드까지 갖고 나와서 조명을 비추고, 사진 수십 장을 찍었어요. 그중에 가장 먹음직스럽게 나온 한 장을 마켓 앱에 올리고는 '생필품으로 교환합니다'라고 썼지요. 오빠는 교환 조건을 꼼꼼하게 달았어요.

오빠가 정한 규칙에 따라 윤희와 다시 메시지를 주고받았어요. 윤희는 부모님과 상의했다며, 파운드케이크 한 개와 쌀 한 봉지를 바꿀 수 있다고 했어요.

다음 날 오후에 수업이 끝나자마자 나는 파운드케이크를 자전거에 싣고 윤희네 집으로 달렸어요. 윤희는 파운드케이크를 조금 떼어 먹어 보더니, 자기가 원하던 바로 그 맛이라면서 좋아했어요. 우리가 구운 파운드케이크는 모양이 어설펐지만 윤희는 개의치 않았어요. 빵집이 문을 닫아서 몹시 우울했다며, 이런 단맛이 그리웠다고 했어요.

"아빠가 구웠어?"

"아니, 오빠랑 내가 만들었어."

"우와, 이제 가족들이 모두 빵을 굽는 거야?"

그 말에 아직 소식이 없는 아빠가 그리워졌어요. 나는 대충 그렇다고 대답을 뭉갰어요. 윤희는 비닐봉지에 쌀을 가득 담아 줬어요. 오빠가 사 온 쌀과 비슷한 양이었어요.

"혹시 식빵도 만들어?"

"식빵?"

"응. 동생이 토스트 먹고 싶다는데, 슈퍼에 식빵 떨어진 지 며칠 됐거든. 내가 파운드케이크랑 쌀을 바꾼다니까 그럼 식빵도 만들 수 있는지 물어봐 달래."

그건 또 다른 문제였어요. 앞에서도 말했는데, 우리에겐 이스트가 없었거든요. 혹시 베이킹파우더로 식빵을 만들 수 있을까 잔머리를 굴리면서 집에 가서 물어보겠다고 했어요.

집으로 돌아오자 오빠가 나를, 아니 자전거를 기다리고 있었어요. 한 손에 꾸러미 두 개를 든 채였죠. 마켓 앱에 교환하자는 제의가 들어왔다고 했어요. 그렇게 나간 오빠는 밑반찬 세 가지와 건포도, 말린 무화과를 가져왔어요. 파운드케이크에 단맛을 더할 재료래요. 나는 윤희가 말한 대로, 식빵을 만들어 볼까 물었죠. 오빠는 우선 파운드케이크에 집중하자고 했어요. 생각보다 인기가 많았거든요.

우린 밤마다 파운드케이크를 만들었어요. 떨어져 가는 박력분도 교환으로 보충했지요.

나는 베이킹파우더로 식빵 만들기에 도전했다가 실패했어요.

그건 우리가 끼니로 먹어야 했지요. 오빠는 군말 없이 먹었지만, 빵도 아니고 과자도 아닌 애매한 맛이 났어요. 그러다가 인터넷에서 밀가루를 미지근한 물로 발효시키는 방법을 찾아냈어요. 그러면 이 발효종이 이스트처럼 빵을 부풀릴 수 있더라고요. 그래서 가스레인지 옆에 큰 유리병을 놓고 발효종을 만들었어요. 며칠 동안 그걸 키우는 데 정성을 다했어요. 첫 식빵은 납작하긴 했지만 꽤 부풀었어요. 그다음 식빵은 아주 만족스러웠지요. 사진을 본 윤희가 냉큼 두 덩어리를 달라고 했으니까요.

그리고 새로운 달이 시작되었어요. 아빠와 연락이 끊긴 지 3주 만에, 우리 통장으로 용돈이 입금되었어요. 아빠가 자기는 괜찮으니까 걱정하지 말라고 보낸 신호 같았지요. 돈을 보낼 수 있다면 연락도 가능할 텐데……. 그 용돈으로 공과금을 냈어요. 무엇보다 통신 요금이 급했어요. 화상 수업도 들어야 했고, 집에 있는 요리책으로는 생략된 부분이 많았기 때문에 자주 인터넷을 검색해야 했거든요. 감염자 수가 잠깐 감소하면서 나는 일주일은 학교에 가고, 일주일은 화상 수업을 들었어요. 하지만 오빠는 여전히 화상 수업만 들어야 했죠.

오빠는 장을 보거나 빵을 교환할 때만 집 밖으로 나갔어요. 나는 친구가 있었지만, 오빠는 아니었죠. 고등학교 졸업을 앞두고 너도로 이사 왔고, 대학을 들어갔는데 아직 한 번도 학교에 가지 않았으니까요. 5월이 되도록 오빠는 학교 가는 길을 몰랐어요. 지금 생각하면 우울증이 왔던 것 같아요. 오빠는 그걸 이겨 보려고 필사적으로 빵과 과자를 만들었어요. 종일 말을 안 한 탓인지 저녁이면 수다가 폭발했고요. 나도 질세라 잡담을 늘어놓았죠. 그렇게라도 했으니 견뎌 낼 수 있었을 거예요.

너도에도 심상치 않은 기류가 흘렀어요. 너도에 갇힌 지 한 달이 지난 데다, 너도대교가 언제 열릴지 알 수 없었지요. 처음에는 조금만 참으면 해결되리라 생각했는데 시간이 흘러도 다리는 닫혀 있었어요.

화상 수업을 마치고 나면 친구들끼리 단톡방에서 이야기를 나누었어요. 친구들은 이 상황을 못마땅해했어요. 스킨이 다 떨어졌다, 립 틴트가 간당간당하다……. 특히 마늘 모양 귀걸이를 사고 싶어서 안달했어요. 그 얘기는 아시죠? 종합병원 응급실에서 감염자가 발생했는데, 그 응급실에서 딱 한 명을 빼고는 다 감염되었잖아요. 감염되지 않은 사람이 마늘 귀걸이를 했다고 알려지면서 너도나도 마늘 귀걸이를 부적처럼 달았죠. 하지만 너도에는 마늘 귀걸이를 한 사람이 한 명도 없었어요.

"지혜야, 마늘 귀걸이 있어?"

윤희가 내게 물었어요.

"있겠어?"

"아니, 너희 엄마……."

"없어, 미안해."

"네가 미안할 이유는 없지. 알겠어."

작은 배를 갖고 싶어 하는 사람들도 있었어요. 다리는 막혔지만, 배를 타고 육지로 올라가면 된다는 소문이 돌았거든요. 그 소문은 딱 일주일 만에 사실이 아닌 것으로 밝혀졌어요. 순찰선과 탐조등이 감시를 삼엄하게 하는데, 그 감시를 뚫고 넘어가는 배가 없었다는 거예요. 수영이나 잠수를 해서 넘어가면 어떠냐는 말도 나왔는데 그것도 불가능하다고 했어요. 수영을 시도한 사람들이 잡혀서 벌금을 물거나 구치소에 수감되는 일까지 벌어졌거든요. 그러니까 우리에겐 선택의 여지가 별로 없었어요. 너도에 갇힌 채 시간을 보낼 수밖에요.

하지만 사람이 그러기가 쉬운가요? 어떻게든 너도 밖으로 탈출해야 한다는 말이 힘을 얻기 시작했어요. 너도에 고립된 사람들이 힘을 합쳐서 다리를 건너자는 의견이 나왔죠. 배나 수영으로 바다를 건너는 시도는 한 사람씩 했지만, 여러 사람이 함께 모여 의견을 내놓는다면 문제가 달라지리라 믿었어요. 누군가 내놓은 의견에 뼈대가 만들어지고 살이 붙어서 날짜가 잡혔어요.

그리고 5월 18일이 왔어요. 약속한 시간은 오후 6시였는데, 오후 5시부터 너도대교에는 사람들이 모여들기 시작했어요. 다리를 통제하던 군인들 숫자도 늘어났지요. 나는 오빠와 함께 5시 30분에 나갔어요. 우리는 자전거를 옆에 세워 두고 행렬에 끼었어요. 행렬의 중간 정도에 섰던 것 같아요.

군인들이 스피커로 당장 해산하라고 경고했어요. 하지만 사람들은 그 경고를 무시했어요. 한 달 넘게 섬에 갇힌 것으로도 충분히 힘들고 괴로웠거든요. 생필품이 떨어지기 시작했고, 회사와 학교에 가지 못했고, 영화관이나 피시방에 가고 싶어 했어요. 친구들이 모두 뭍에 있는 오빠는 친구들과 소소한 모임을 하고 싶어 했어요. 그전에는 몰랐던 사소한 행복이 간절했어요.

무엇보다 우리는 엄마와 아빠가 보고 싶었어요. 너도대교를 건너면 엄마를 찾아가거나 아빠 소식을 알아내기 훨씬 쉬우리라 판단했어요. 그래서 사람들 틈에서 통행을 허가해 달라고 목소리를 높였어요. 애초에 우리가 원해서 고립된 것도 아니었거든요. 그렇잖아요? 어느 날 갑자기 청정 지역으로 지정되고 다리가 막혀 버렸어요. 주민들이 어떻게 살아가는지는 전혀 관심 밖이었어요. 생필품이 떨어졌다고 하소연해도 아무도 거들떠보지 않았어요. 그저 견디라는 말뿐이었지요. 견디는 데도 한계가 있잖아요.

서울에 있는 종합병원에 다니던 환자 두 명도 행렬에 끼어 있었어요. 정기 검진을 받으러 다리를 건너야 한다는 탄원서를 몇 번 보냈는데 기다리라는 답만 받았대요. 약이 떨어졌고, 증세가 점점 나빠지는데 언제까지 기다려야 하냐고 물었지만 대답이 없었대요. 두 사람 중 한 명은 공기통과 연결된 마스크를 끼고 있었고, 다른 한 명은 휠체어를 타고 있었어요.

6시 40분쯤에 스피커가 울렸어요. 환자 두 사람과 보호자는 앞으로 나오라고요. 그 사람들은 대기하고 있던 구급차에 올라타고 대교를 넘었어요. 그때부터 사람들이 들끓기 시작했지요. 우리도 곧 다리를 건널 수 있으리라는 기대가 높아졌고, 기대만큼 목소리들도 커졌어요.

"너도대교를 열어라!"

"너도 주민의 생존권을 보장하라!"

"대책 없는 봉쇄를 당장 해제하라!"

누군가 구호를 외치면 사람들이 따라서 소리쳤어요. 해가 떨어지고, 어둠이 짙어져도 사람들은 흩어지지 않았어요.

9시에 스피커에서 경고 방송이 나왔어요. 지금 당장 해산하지 않으면 물리력을 동원하겠다고 했지요. 그 책임은 우리에게 있다고도 했어요. 하지만 주민들은 대수롭지 않게 생각했어요. 우리 숫자가 월등히 많은 데다 두 가족이 너도를 벗어나는 걸 봤으니, 조금만 더 강하게 요구하면 될 것 같았거든요.

경고 방송이 몇 번 더 나온 뒤 앞쪽에서 탕, 큰 소리가 났어요. 우리를 해산시키려던 군인이 공포탄을 쏜 거예요. 다리 위에 모여 있던 주민들은 혼비백산해서 달아나기 시작했어요. 오빠는 재빨리 자전거를 돌려서 나를 태웠어요. 그러고는 요리조리 사람들 사이를 빠져나가려고 애썼어요. 그러다 겁에 질린 윤희를 발견했지요.

"잠깐만 기다려!"

오빠는 자전거를 세우고는 윤희 손을 잡아끌었어요. 나더러 운전대를 잡으라고 하고는 윤희를 뒤에 태웠어요.

"오빠는?"

"곧 따라갈게. 밟아, 얼른!"

그때 무슨 정신으로 페달을 밟았는지 모르겠어요. 윤희는 멀어지는 오빠를 보며 소리를 질러 댔고, 나는 그런 윤희를 달래면서 미친 듯이 페달을 밟았어요. 사람들 사이를 헤집고 달리기가 쉽지 않은 데다 윤희가 버둥대며 내리려고 해서 더 힘들었지요.

"야, 진윤희! 제발 집에 가자. 응?"

"순범 오빠가 안 탔잖아!"

"온대잖아. 꼭 돌아올 거야."

다시 총소리가 났어요. 이번에는 다리를 건너오는 사람들을 더는 용납하지 않겠다는 신호처럼 들렸어요. 공포에 가득 찬 사람들이 달아나면서 넘어졌고, 거기 깔린 사람들이 생겼어요. 비명이 곳곳에서 터졌지요.

나는 윤희를 집에 내려주고 우리 집으로 돌아와서 문과 창문을 다 잠그고 불을 켰어요. 자정이 가까워서야 오빠가 돌아왔어요. 얼굴이 긁히고, 한쪽 소매가 뜯기고, 청바지가 찢어진 채 다리를 절룩거리면서요.

"오빠!"

나는 오빠 품으로 뛰어들었어요. 오빠가 숨을 고르면서 내 등을 쓸어내렸어요.

"늦어서 미안."

나는 오빠마저 잃을까 봐, 나 혼자 남게 될까 봐 너무 무서웠다고 울먹거렸지요. 오빠도 그럴까 봐 두려웠다고 했어요. 집으로 돌아오는데, 너도의 모든 길마다 군인들이 들어와서 신분증을 보여 달라고 했대요. 오빠는 검문을 피해서 샛길과 논두렁으로 돌아 돌아 집으로 왔대요. 집에 거의 다 와서 검문을 당할 뻔했는데, 그때 걸린 사람이 잡혀가는 걸 보고는 담을 넘어서 숨었대요. 그 집에서는 오빠를 알아봤대요. 이따금 빵을 교환하던 손님이었거든요. 그래서 그 집 아저씨가 오빠를 집 안으로 들였고, 군인들이 물러갈 때까지 숨죽인 채 기다렸대요. 그때 담을 넘으면서 발목을 접질렸는데, 오빠는 지금도 날이 궂으면 발목이 시큰거린대요.

그날 다리에서 깔려 죽은 사람이 셋, 밀리다가 바다로 떨어져서 죽은 사람이 둘이었어요. 군인들의 곤봉에 맞아 이마가 찢어진 사람, 다리가 부러진 사람, 팔이 빠진 사람 들이 여러 명 보건소에서 치료를 받았어요. 이른바 너도대교 폭동 사건이었지요. 폭동이라뇨, 우리가 원하지 않았던 고립인데……. 폭동이라는 단어가 지워지는 데 무려 10년이 걸렸어요. 그동안 너도 사람들은 사람 취급을 받지 못했어요.

얼마 전, 진상을 규명하기 위한 조사가 이루어졌지요. 지나친 진압이었다는 평가가 있었지만 책임지려는 사람은 없었어요. 참 씁쓸하죠? 그때 그 일로 돌아가신 다섯 분을 위해 세운 추모비가 다리 근처에 있어요.

너도대교에서 돌아온 뒤 오빠와 나는 빵과 과자를 만드는 일에만 매달렸어요. 점점 실력이 늘었지요. 발효종을 키우는 기술도 일취월장했고요. 공부를 그렇게 열심히 했으면 난리가 났을 텐데, 그런 생각은 둘 다 안 했던 것 같아요.

우리가 만든 빵과 과자는 마켓 앱에서 인기가 좋았어요. 빵집이 문을 닫았기 때문이기도 하고, 돈을 주고 사는 게 아니라 갖고 있는 물건과 교환하기 때문이기도 했어요.

시간이 더 지나자 사람들이 특별한 주문을 넣었어요. 집에서 키운 단호박이 있는데 그걸 활용한 쿠키를 먹고 싶다, 말린 크랜베리를 줄 테니 다음에는 그걸 넣은 파운드케이크를 만들어 달라, 유통기한이 얼마 안 남은 치즈를 활용해 빵을 만들어 줄 수 있겠느냐…….

그런 주문을 받으면 오빠와 나는 밤새 부엌에서 연구했어요. 부엌이 아니라 연구실 같은 분위기였지요. 나는 오전에 수업이 계속 있었지만, 오빠는 오후에만 수업이 있는 날도 있었기 때문에 빵을 발효시키는 건 오빠가 맡았어요. 오빠한테서 시큼한 발효취가 풍기기 시작했죠. 우울한 오빠 기분을 달랜 건 내가 아니라 윤희였어요. 윤희는 빵을 자주 주문했어요. 쌀하고 바꿔 먹고, 다른 곡식이나 밑반찬으로 바꿔 먹었죠.

5월 18일 이후에 너도에 남은 사람들은 서로의 사정을 빤히 알게 되었어요. 어느 집에 누가 남았는지 알게 되었죠. 특히 어른들이 들어오지 못해 아이들만 남은 집을 주변 사람들이 챙기기 시작했어요. 우리도 그 대상이었다는 건 나중에 알았어요. 너도대교로 주민들이 몰려 나갔을 때, 나오지 않은 사람들이 누군지 파악하게 된 셈이죠.

우리가 빵과 과자를 다른 생필품과 교환할 때 넉넉하게 챙겨 받을 수 있었던 것도 그 덕분이었어요. 나중에는 우리도 아이들만 남은 집에 빵을 나눠 주었어요. 가끔 우리 집으로 찾아오는 꼬마들도 있었어요. 밀가루가 넉넉했더라면, 우리 집 오븐이 더 컸더라면, 다른 재료가 풍부했더라면 더 많이 구워서 나눠 줬을 텐데 그러진 못했어요. 우리가 먹을 양에서 조금 떼고, 교환하지 못하고 남은 빵이나 과자를 나눠 먹었죠.

"우리 뒷집에 꼬마 둘, 엄마가 못 들어왔대."

윤희는 가끔 그런 정보를 내게 흘렸어요. 그리고 계속 주문을 했죠. 윤희는 빵을 참 좋아했어요. 먹고 싶어 하는 종류도 다양했지요. 그 덕분에 오빠랑 내가 빵 만드는 실력이 확 늘었어요.

윤희가 주문하면, 오빠가 배달을 갔어요. 처음 배달할 때는 시큰둥하더니, 세 번째부터 표정이 달라졌어요. 며칠씩 안 씻어서 떡진 머리를 감고 나갔다니까요. 그뿐만이 아니에요. 만날 시커먼 옷을 입더니, 웬일로 옷장에서 아빠 셔츠를 꺼내 입고 배달을 가기도 했어요.

나는 오빠가 아빠 옷을 입는 게 싫었어요. 아빠와 엄마가 보고 싶을 때면, 옷장에서 옷을 꺼내 품에 안곤 했거든요. 그러면 덜 힘들었어요. 보고 싶은 마음이 너무 큰 날에는 아예 안방 침대에서 잤어요. 침대에 누워 있으면 마치 엄마와 아빠가 옆에 있는 것 같더라고요. 특히 베개, 아빠 베개에는 아빠 냄새가, 엄마 베개에는 엄마 냄새가 풍겼어요. 그런데 그 냄새가 나날이 희미해지는 게 너무 슬펐어요. 집이 점점 더 크고, 넓게 느껴지면서 내 슬픔도 그만큼 깊어졌어요. 그때……. 아, 아니에요. 어? 이 사진 어디서 구하셨어요? 맞아요! 우리 아빠예요……. 죄송해요. 조금 쉬었다 해도 될까요? 네, 10분 있다가 해요.

너무 오래 기다리셨죠? 미안합니다. 갑자기 그때 생각을 하니…….

너도대교는 석 달 만에 열렸어요. 하지만 다리를 드나들 때마다 명단을 작성했고 열 체크를 비롯한 검진을 받아야 했어요. 한 번 검사받는데 10분 이상 걸렸고, 까다로운 과정 때문에 다리를 오가면서 출퇴근하던 사람들은 아예 재택근무를 신청하기도 했어요. 빵집은 여전히 닫혀 있었죠. 네, 맞아요. 그 빵집은 결국 문을 닫았죠. 아저씨가 너도 밖에서 폐업 신청을 했더라고요. 그때 일을 떠올리면 이렇게 횡설수설해요.

그리고 엄마가 돌아왔어요. 비쩍 마른 몸으로 엄마가 현관문으로 들어섰을 때, 나는 빨래를 개고 있었어요. 내가 반가운 마음에 소리를 지르자 파이 반죽을 만들고 있던 오빠가 달려왔어요. 손에 든 밀대를 몽둥이처럼 잡고 달려온 오빠가 엄마를 와락 껴안았어요. 나도 마찬가지였지요. 외할아버지가 위독해 다녀온다던 엄마가 백 일 만에 돌아왔어요.

금방이라도 꺼질 것처럼 휘청거리는 모습으로, 엄마는 초점 없는 눈으로 멍하니 집 안을 살폈어요. 엄마는 파이를 만들고 있다는 오빠 말에 당황한 듯했어요. 오빠는 주문이 밀려서 이것부터 해야 한다고 했고, 나도 빨래를 개고 오빠를 도와서 파이에 넣을 소를 만들기 시작했지요. 둘이 손발이 척척 맞는 걸 지켜보던 엄마가 눈물을 훔쳤어요. 만날 싸우던 둘이 호흡을 맞추니까 좋아서 그러나 보다 여겼어요.

오븐에 파이를 넣고 기다리는 동안, 어제 만든 파운드케이크를 잘라서 엄마 앞에 내놓았어요. 엄마가 케이크를 보자 또 눈물을 글썽이더라고요. 이게 아닌가 싶어서 그저께 만든 밤식빵도 꺼냈어요. 아침에 우리 둘이서 먹느라 반밖에 안 남았지만 먹을 만했어요. 엄마는 여전히 아무 말 없이 밤식빵을 바라보았어요. 나는 잘라 먹지 않고 손으로 뜯어 먹어서 엄마가 언짢은가 싶어 안절부절못했어요. 오빠도 말이 없어진 엄마 눈치를 살폈어요.

그전에 엄마는 참 말을 많이 했어요. 아빠하고 둘이 수다를 떨면 나와 오빠는 듣기만 했어요. 그러다 우리는 각자 방으로 들어갔고, 엄마하고 아빠는 계속 이야기를 나눴어요. 두 사람 사이에는 이야기가 마르지 않고 솟아나는 것 같았거든요. 그랬던 엄마가 아무 말도 하지 않고 우리 말을 듣기만 하는 건, 어색하고 이상했어요. 뭐랄까, 낯설다고 해야 하나. 네, 맞아요. 그 표현이 적절하겠네요. 낯설었어요.

오븐에서 띵, 알람이 울렸어요. 단호박파이를 오븐에서 꺼내고, 큰 반찬통에 담았어요. 윤희가 주문한 것이에요. 오빠는 쭈뼛거리며 다녀오겠다고 했어요.

"일찍 와!"

나는 모처럼 오빠에게 큰소리를 쳤어요. 요즘 오빠가 윤희네 배달을 가면 돌아오는 시간이 점점 늦어졌거든요.

오빠가 나가자 나는 엄마에게 윤희 이야기를 꺼냈어요. 두 사람이 빵과 과자로 자꾸 만나더니, 사귀는 사이가 되었다고요. 윤희한테 오빠 흉을 보면 난리가 났고, 오빠도 윤희에 대해 캐묻는 바람에 중간에 낀 나는 피곤했어요.

두 사람에 대해 이야기하느라 열을 올리던 날 보며 엄마가 웃었어요. 지친 엄마 얼굴에서 피어나는 웃음에 나는 신이 났죠. 그래서 엄마에게 우리가 견딘 시간에 대해 설명했어요. 쌀이 떨어졌을 때부터 시작해서 불안했던 일, 어쩌다 만들게 된 파운드케이크, 물물교환, 그러다 주문까지 받게 된 상황을 이야기했지요.

그동안 교환한 물건들을 열거하기 시작했어요. 쌀, 건포도, 크랜베리, 치즈, 단호박, 생크림, 버터, 전지분유, 연유 같은 식재료가 가장 많았고, 밑반찬, 휴지, 로션, 크림, 세탁 세제, 비누, 치약, 칫솔, 두통약, 옷 등등 가짓수가 꽤 많았어요. 그 덕분에 재료 걱정 없이 빵과 과자를 구울 수 있었어요. 매일 굽느라 실력이 늘었고, 맛도 풍부해졌어요.

엄마가 눈을 동그랗게 떴어요. 나는 엄마가 좋아한다고 생각했어요. 그래서 이번에는 우리가 만든 빵과 과자를 하나씩 읊었어요. 베이킹파우더로 식빵을 만들려다 실패했고, 발효종을 만들게 되었다고 했어요. 이젠 너도대교도 열렸으니 이스트도 살 수 있고, 더 맛있는 빵을 만들 수 있겠다는 기대를 털어놓았죠.

"엄마가 왔으니 아빠도 돌아올 거예요."

엄마가 엉엉 소리 내 울었어요. 가슴을 부여잡고 우는데, 내 가슴도 덩달아 콕콕 쑤셨어요. 그 순간, 나는 알았죠. 아빠가 돌아올 수 없다는 것을……. 처음부터 이상했어요. 이렇게 오랫동안 연락을 안 할 아빠가 아니었어요. 내가 아는 아빠라면 가족 단톡방이든 메일이든 문자나 전화든, 아니면 엄마를 통해서든 무슨 수를 써서라도 연락했을 거예요. 귀가 시간이 조금만 늦어져도 미안하다고 전화를 걸던 아빠니까요.

엄마와 내가 목 놓아 울고 있을 때 오빠가 돌아왔어요. 현관문을 열고 들어선 오빠는 통곡하는 우리를 보자 신발을 벗지 못한 채 주저앉았어요. 손에 들려 있던 꾸러미가 땅에 떨어졌고, 퍽 하는 소리와 함께 달콤한 냄새가 났어요. 참 희한하죠. 살아남기 위해서 먹을 것을 구하던 내 본성은 그 순간에도 냄새에 반응했어요. 수박이 깨졌구나, 이번에는 윤희가 오빠에게 수박을 줬구나. 나는 내 코가, 후각이 원망스러웠어요.

한참 울고 난 뒤 우리는 퉁퉁 부은 얼굴로 엄마가 하는 말을 들었어요.

아빠는 귀국하던 비행기 안에서 감염되었대요. 옆자리에 앉은 승객이 감염자였기 때문에 바이러스가 퍼지는 속도가 아주 빨랐대요. 아빠가 탄 비행기보다 한 시간 전에 도착한 비행기에서 고열 증상이 있는 사람이 있었기 때문에, 국외에서 들어오는 사람들은 모두 생활시설에 격리되었어요. 그리고 하루 만에 아빠한테 발열 증상이 나타나기 시작했어요. 고열에 시달리고, 헛것이 보이고, 기침과 가래, 근육통, 두통과 콧물, 코막힘 같은 각종 증상이 폭탄처럼 터졌어요. 음압 병동으로 옮길 차례를 기다리던 도중에 증상이 악화되었고, 손 쓸 새 없이 세상을 떠났대요.

"아빠랑 연락이 안 된다는 너희 말에 계속 불안했어. 그럴 사람이 아니잖아. 잠깐 늦게 들어와도 몇 통씩 전화하고 수시로 문자하던 사람인데. 그래서 병원에 드나들던 기자에게 부탁해 알아봤어. 그랬더니 네 아빠가 49번 감염자라고 하더라. 권민수라는 이름 대신 49번, 그렇게 불렸어. 비행기에서 43번 감염자 옆자리에 앉아 있던 아빠는 있는 듯 없는 듯 그렇게 불리다가 떠났더라. 다음 날 여러 곳에 전화해서 아빠 유품과 유골이 어디 있는지 알아봤어. 왜 아무에게도 연락을 안 했냐고 물었더니 경황이 없었대. 공항으로 마중 나온 가족이 있는 사람들에게 먼저 연락을 했다더라. 우리는 갈 형편이 아니었으니까 순서에서 밀리다가 결국……."

우느라 정신이 없던 나 대신 오빠가 나서서 그럴 리가 없다고 했어요. 아빠가 계속 용돈을 보내셨다, 그걸로 우리는 공과금을 냈고 마켓 앱에서 물물교환을 하면서 버텼다고 말했어요. 엄마가 한마디로 정리했어요. 자동이체. 그 단어 하나에 오빠와 나는 마지막 희망을 버려야 했어요.

아빠 유골함은 그 뒤로 두 달 만에 찾아왔고, 유품은 다시 한 달 뒤에 돌려받았어요. 아빠 휴대폰은 꺼져 있었어요. 떨리는 손으로 전원을 켰죠. 휴대폰은 아빠가 비행기를 타기 전에 전원을 꺼 둔 상태 그대로였어요. 우리가 보낸 수십 통의 문자와 전화, 메시지, 메일을 하나도 읽지 않았더라고요. 그걸 읽었더라면 아빠가 조금 덜 외로웠을까요, 아니면 우리가 눈에 밟혀 더 힘들었을까요?

우리에게 마켓 앱이 없었다면 아마 생존하지 못했을 거예요. 아니, 그것보다 오븐이 없었다면 진작에 우리도 아빠를 따라갔겠죠. 어쩌면 아빠가 끝까지 살아남으라고 오븐을 산 걸까요? 그건 아니겠지만, 어쨌든 아빠 덕분이에요.

긴 이야기 들어주셔서 감사해요. 아, 곧 오빠가 올 거예요. 맞아요. 우리는 그 뒤로 이 집을 개조해서 1층에 빵집을 냈어요. 엄마도 병원 일에 질렸다면서 빵집 관리를 맡았고, 나는 통신 대학을 다니면서 낮 동안 빵을 구웠어요. 오빠도 주말에는 케이크를 만들어요. 사실은 새언니가 빵을 더 잘 만들어요. 진윤희, 그 친구가 오빠랑 결혼했지요. 둘 다 중간에 다른 사람들을 만나고 헤어지고 하더니, 결국 다시 만나더라고요.

난 지금도 궁금해요. 왜 너도 주민들을 가두었는지, 아빠가 돌아가셨다는 소식을 왜 바로 전하지 않았는지, 그러고도 바이러스는 왜 못 잡았는지 묻고 싶어요.

박진리 씨, 생존자들 인터뷰도 중요하지만 난 그때 우리를 고립시킨 결정을 누가 했는지 정말 궁금해요. 왜 우리는 너도에 갇힌 채 살아야 했을까요? 그 결정으로 너도에서 굶어 죽은 아이들이 열셋이었어요, 열셋. 그리고 5월 18일, 그날 일도 제대로 평가받지 못했어요. 이렇게 세월이 흘렀는데, 왜 아직까지 진실이 밝혀지지 않을까요? 그때 우리에게 곤봉을 휘두른 군인들은 왜 그랬을까요? 왜들 그렇게 감추려고 하는지 진짜 궁금해요.

그 오븐이오? 아직 있어요. 보실래요? 아, 찻잔은 그냥 두세요. 이따 같이 치울게요. 이쪽으로 오세요. 문턱 조심하시고요.

여기, 이 오븐이랍니다. 생각보다 작죠? 아무도 책임지지 않았던 그때, 우리를 살린 오븐이에요. 난 요즘도 힘들 때면 이 오븐을 열어 봐요. 아빠가 오븐을 설치하던 모습이나 오빠랑 내가 오븐 앞에서 종종거리던 때를 떠올려요. 빵과 과자를 굽고, 마켓 앱에 사진을 찍어 올려서 생필품과 교환하던 그날들이 주마등처럼 스쳐 지나가지요. 그러면 용기가 생겨요.

맞아요, 우린 생존자예요. 나 혼자였다면 절대 살아남지 못했을, 생존자예요.

이토록
흐릿하거나
뭉개지거나

눈을 감으면 또 그 얼굴이 다가온다. 그 얼굴 위로 온갖 말풍선이 뒤덮인다. 눈을 뜨면 그 얼굴이 다른 사람 얼굴에 겹쳐진다. 불투명한 클리어파일이 망막을 덮은 것처럼 얼굴들이 모두 비슷비슷하거나 뭉개져 보인다. 깜박, 다시 그 얼굴이다. 깜박, 또 겹쳐진다. 증세가 점점 심각해지면서 이름표도 읽을 수 없었다.

교실에서 자주 들리는 목소리 가운데 하나가 다가왔다. 굵고 자신감이 넘치는 목소리에 말할 때 손짓을 많이 하는, 10번이었다. 10번이 내 어깨를 툭 쳤다.

"야, 나강민!"

나는 어깨 너머에 있는 사람이 말할 때마다 손짓을 많이 하는 걸 보며, 10번임을 확신한다.

"어? 어, 안녕."

"이번 수행평가, 모둠으로 해야잖아. 그래서 단톡방을 따로 만들려고 해. 번호 좀 줘."

나는 반 단톡방에 들어 있지 않았다. 처음 초대되었을 때 슬며시 빠져나왔고, 또다시 초대되었을 때도 빠져나왔다. 그 뒤로 아무도 나를 초대하지 않았다. 사람들과 섞이는 건 골치 아팠다. 그 사람에 대해 알아가야 하고, 서로 눈치를 보고, 생각을 나누는 게 싫었다.

나는 미적거리다가 10번의 재촉을 받고 느릿느릿 번호를 찍었다. 마지막 숫자가 찍히자 10번은 휴대폰을 잽싸게 낚아채고는 다른 사람에게 갔다. 그 사람은 말끝을 흐리고, 피곤하다는 말을 한다. 5번이다. 5번과 10번은 어깨를 툭툭 치며, 손바닥을 마주쳤다. 5번은 낄낄 웃었고, 10번은 크게 웃었다. 그런 다음 10번이 가리키는 방향으로 5번의 고개가 돌아갔다. 5번과 눈길을 마주친 나는 어색하게 미소를 지었다. 10번은 '어머'라는 말을 많이 쓰는 13번에게도 나를 가리켰다. 다른 점이 있다면, 10번은 5번과 13번에게는 전화번호를 요구하지 않았다. 이미 알고 있다는 뜻이었다.

수업 종이 울렸고, 쉬는 시간을 통째로 날렸다. 그 뒤로도 10번은 자꾸 내게 말을 걸었다. 권투 선수가 잽을 날리듯 툭툭, 내 신경을 건드렸다. 잽을 피하고 싶었지만, 그러기엔 10번이 내게 말을 거는 횟수가 너무 많았다. 그래서 수행평가를 시작하기 전부터 이미 지쳐 버렸다.

10번이 25번을 데리고 왔다. 내가 속한 모둠은 남자 셋, 여자 둘로 구성되었다. 13번과 25번이 여학생이었다. 이 둘은 목소리 톤이 높고 가늘었다.

"안녕? 나는 한세영이야. 나강민이지?"

25번은 교실에서 가장 많이 들리는 목소리의 주인공이고, 뛰듯이 걷는다. 그럴 때마다 단발머리가 찰랑거린다.

"어? 어, 맞아."

얼떨결에 대답했다. 일주일이 넘도록 짝의 이름도 모르는 상태였다. 짝은 내 이름을 불렀을 뿐, 자기 이름을 알려 주지 않았다. 알려 주고 싶지 않았거나 내가 이미 안다고 생각하겠지만 그는 내 이름을 알고 나는 모르는 불균형한 관계였다. 이름이 뭐든 어차피 시간이 지나면 바뀔 짝이었다. 그런데 25번은 조금 달랐다.

"선생님, 한세영도 할래요."

이건 과학 선생이 실습실에서 재료를 가져와야 한다고 했을 때 25번이 손을 번쩍 들고 한 말이다.

"한세영 것도 남겨 줘."

이건 급식 시간에 급하게 교무실로 달려가면서 당번에게 한 말이다. 25번은 습관적으로 자기 이름을 들먹였다. 나뿐만 아니라 다른 아이들에게도 자신의 존재를 잊어 버릴 수 없게 만들었다. 25번은 SNS 상태 메시지에도 '나는 한세영이다!'라고 써 놓았다. 누군가 자기 이름을 모르면 큰일 날 것처럼 호들갑스러워 보였다. 자신의 이름을 강조하는 25번, 수행평가를 핑계로 자꾸 말을 거는 10번, 둘 다 피곤하긴 마찬가지였다. 얼른 수행평가가 끝나면 좋겠다.

사람들을 쳐다보는 건 머리가 아팠다. 그나마 창밖은 편했다. 바람에 흔들리는 이팝나무 잎을 보고 있는데, 누군가 얼굴을 들이밀었다.

"뭘 봐?"

눈앞으로 눈, 코, 입이 흐릿한 얼굴이 훅 들어왔고, 방심하고 있던 나는 목소리로 특징을 잡을 기회를 놓쳐 버렸다. 누구지? 방금 누가 말한 거지? 나는 최대한 아무렇지 않은 척하려고 목소리를 가다듬었다.

"아무것도 안 봐."

"그래, 아무것도 안 보이겠지. 이번 수행평가가 얼마나 힘든 과제인지 너도 알겠지만……."

쿵쿵 뛰던 가슴이 가라앉았다. 10번이었다. 10번은 자신이 생각하는 방향과 각자 맡아야 할 역할에 대해 이런저런 말을 늘어놓았다. 그 말만 들으면 이번 수행평가가 마치 세상을 바꿀 위대한 실험 같았다. 25번이 자기 이름을 늘 말하는 것처럼 10번은 매사 열심이었다.

그래 봤자 수행평가고, 그래 봤자 과제다. 내겐 큰 의미가 없다.

아무도 나를 알아보지 않기를 바랐는데, 내 이름을 부르면서 관심을 갖지 않으면 좋겠다. 시간이 제발 빨리 흘러가 버리면 좋겠다. 노래방에서 간주 점프를 하듯, 자고 일어나면 졸업식장에 있기를 바랐다.

교문 근처에 있는 이팝나무는 내 키보다 두 배 반 정도 컸다. 이팝나무가 꽃을 다 떨어뜨릴 때쯤 나는 이 나무들과 만났다. 봄에는 색이 옅은 꽃들이 많이 핀다. 무채색이던 겨울을 몰아내느라 힘을 쓴 나무와 풀은 흰색과 노란색, 분홍색 꽃들을 피워 내며 봄이 성큼 다가왔음을 알린다. 하지만 이번 봄에 나는 그 꽃들을 제대로 보지 못했다. 눈을 들어 꽃을 보기 시작했을 때는 이미 봄이 지나가고 있었다.

이팝나무 아래에서 고개를 들어 나뭇잎을 보았다. 타원형 나뭇잎이 햇빛에 반짝였다. 내년 봄에는 꽃을 볼 수 있을까? 나는 이곳에 계속 있을까? 누군가 내 이름을 불렀다.

"아까부터 불렀는데, 못 들었어?"

25번이 뛰어와 숨을 헐떡였다. 나는 대답 대신 25번을 힐끔 쳐다보았다. 이런 접근은 어색하고 불편했다. 눈만 껌벅이는 내게 25번이 뜻밖의 말을 꺼냈다.

"너희 집 가는 길에 우리 집이 있거든."

"그걸 어떻게 알아?"

두려움은 언제나 마음보다 몸을 먼저 움직이게 한다. 내가 어디 살고 있는지 알고 있다는 말에 저절로 뒤로 몇 발자국 물러났다. 25번은 내 뒷걸음질을 보고도 아무렇지 않게 말을 이었다.

"몇 번 봤어. 그래서 말인데, 집으로 바로 갈 거지? 한세영이랑 같이 가자."

"왜?"

나는 몸을 잔뜩 움츠린 채 물었다. 같이 가고 싶은 마음이 1퍼센트도 없었다. 하지만 25번은 내 경계심과 두려움을 눈치채지 못한 듯 신발 앞코로 바닥을 쓱쓱 문질렀다.

"우리 집 근처에서 살인 사건이 났는데……. 아직 범인을 못 잡았어. 늘 지나다니던 길이지만 좀 무서워서 그래."

처음에는 25번이 어떤 부탁을 하든 들어주지 않겠다 마음먹었다. 그런데 살인 사건이라는 말에 거절하려고 뻗었던 손을 멈추었다. 누군가 죽었다. 그것도 다른 사람에 의해 목숨이 끊어졌다. 죽은 사람 옆에는 누가 있었을까, 혹시 남긴 말은 없을까. 늘 듣던 목소리가 속삭였다. 강민아, 나강민! 고개를 세차게 저었다.

"괜찮아, 나강민?"

25번이 살며시 내 팔을 잡았다. 흠칫 놀라 눈을 떴을 때, 아주 잠깐이지만 25번의 얼굴이 보였다. 다른 사람의 얼굴이 겹쳐지지 않고 오롯이 25번만 보였다. 나는 눈을 몇 번 더 깜박였다. 25번의 둥근 콧망울과 동그랗게 뜬 눈이 선명하게 보였다가 다시 다른 얼굴이 겹쳐졌다. 이건 또 뭘까? 나는 숨을 크게 들이마셨다. 25번은 다시 희미한 얼굴로 내게 괜찮냐고 거듭 물었다. 가슴이 뻐근해졌다. 나를 팽팽하게 감싸고 있던 막에 아주 잠깐 틈이 생겼다. 꼭 1년 만이었다.

"알았어."

25번이 폴짝 뛰면서 한 걸음 다가왔다.

"정말? 나강민 최고다! 네가 거절할까 봐 무서웠는데, 정말 고마워. 덕분에 한세영이 안심하고 집에 갈 수 있겠어."

나는 25번과 한 발짝 떨어져서 걸었다. 25번은 그런 내 태도에도 불쾌하지 않은 듯 경쾌하게 발걸음을 옮겼다.

"우리 수행평가 말이야. 그거, 선우진은 꽤 신경 쓰는 것 같지? 난 대충 하려고 했는데, 선우진이 그렇게 챙기니까 제대로 하고 싶어졌어. 너는?"

또 수행평가가 화제에 올랐다. 나는 어떻게 대답해야 할지 갈피를 못 잡고 어깨를 한 번 올렸다 내렸다. 나 또한 대충 해서 넘기려 했는데, 10번이 계속 이런저런 의견을 내놓는 바람에 대충 할 수 없어서 곤란한 참이었다.

"난 1학년 때 전학 왔어. 넌 봄에 왔지?"

25번이 꺼낸 이야기에 나는 제자리에 섰다. 25번은 혼자 몇 걸음을 간 뒤에야 우두커니 서 있는 나를 발견하고 되돌아왔다.

"그때 엄청 힘들었어. 애들은 이미 끼리끼리 몰려다니고, 난 낄

데가 없더라고. 게다가 내가 누군지 관심이나 있었겠어? 지금도 내 출석번호는 뒷번호이긴 하지만 1학년 때는 완전히 끝 번호였어. 끝! 넌 이제 끝났어, 이러는 것 같았다니까!"

나도 그랬다. 예전에는 6번이었지만, 이곳으로 오면서 27번으로 밀려났다. 중간에 전학과 자퇴한 아이들 번호 셋이 비었지만 그 번호를 채워 넣진 않았다. 내가 떠나온 자리도 뻥 뚫린 채 비어 있겠지. 그러면 그 번호를 마주칠 때마다 어떤 말을 했을까? 오징어 씹듯이 잘근잘근 날 비난했을까? 내가 떠나서 속이 시원하다고 했을까? 나라는 존재를 가위로 도려낸 것처럼, 아예 없었던 사람처럼 새까맣게 잊어 주면 좋겠다. 기억에서조차 흐려지면 좋겠다. 내가 그들의 얼굴을 하나도 떠올리지 못하는 것처럼.

"그래서 나는 내 이름을 소리 내어 말했어. 관종이라고 싫어하는 애들도 있었는데, 관종이든 뭐든 끼어들고 싶었어. 어떻게든 여기서 살아남고 싶었거든."

25번의 목소리가 떨렸다. 얼마나 절실했는지, 모르는 바 아니다. 끼어들어 살아남아야 한다고 수십 번 들었다. 그걸 잘하지 못하면 노력이 부족하다거나 사회성이 부족하다거나 인간성에 문제가 있다는 말도 함께 들었다. 학교에 적응하지 못하면 졸업한 뒤에는 복잡한 사회에서 적응하지 못할 것이니 꼭 참고 버텨야 한다고 했다. 어쩌면 25번도 나름대로 버티는 방법으로 생뚱맞게 자기 이름을 외쳤으리라.

"이보미가 그러던데, 넌 숫자에 강하다며?"

"이보미?"

"단톡방에 '뽀밍'으로 올라온 친구. 우리랑 수행평가 같이하잖아. 단발머리에 얼굴 까무잡잡하고 안경 끼고, 체육 좋아하고……."

"아, 13번!"

"역시 보미 말이 맞았네. 그럼 너는 나를 25번으로 기억하겠네? 내 이름은 한세영이야. 한, 세, 영."

25번이 자기 이름을 한 음절씩 또박또박 말했다. 그러고는 못 들은 척 걷고 있는 내 팔을 낚아챘다.

"따라 해 봐. 한, 세, 영!"

"한, 세, 영."

"응, 그렇게 불러 줘. 알았지?"

25번은 하하 웃고는 다시 종알종알 말을 이었다. 입 옆에 말을 내뱉는 주머니가 따로 달려 있기라도 한 듯, 말이 마르지 않고 계속 흘러나왔다.

곧바로 5분쯤 더 가면 우리 집에 도착할 즈음, 25번이 왼손을 뻗어 둥글게 밖으로 반원을 그렸다. 그쪽으로 꺾어야 한다는 신호였다. 둘이서 골목으로 접어들었을 때, '연필 가게'를 보았다.

조그만 문구점처럼 보였지만, 커다란 연필 모형과 유리창에 진열된 갖가지 연필이 특이했다. 내 눈길이 머물자 25번도 연필 가게를 훑어보았다.

"신기한 가게지? 진짜 연필만 팔아."

"연필만?"

"응, 다른 것도 있긴 한데 주로 연필만 팔아. 그래서 잠깐 들어가서 구경하기도 했어."

연필 가게를 스쳐 지나간 뒤 다시 한번 골목을 꺾어 들어갔다. 그곳에 25번이 사는 집, 태양빌라가 있었다. 25번은 이 빌라 2층에서 내려와 골목을 꺾은 다음 학교까지 달려간다고 했다. 그럴 때 이어폰을 꽂고 지나가는 나를 몇 번 봤고, 말을 걸었지만 내가 대꾸하지 않았다고 했다.

"고마워, 나강민. 또 봐!"

25번이 빌라 앞마당으로 뛰어갔다. 나풀거리는 단발머리와 가볍고 경쾌한 움직임에 웃음이 비어져 나왔다. 그러나 올라갔던 입꼬리를 황급히 내렸다. 누군가를 보고 웃어 본 게 얼마 만인지 가물가물했다. 내 이름을 부르고, 자기 이름을 알려 주고, 손을 흔들고 등을 보이며 뛰어가고, 이 모든 과정이 낯설고 어색했다. 내가 이래도 되나? 웃어도 되나? 다시 나를 부르는 목소리가 귀를 때린다. 강민아, 나강민! 있잖아……. 아주 잠깐 25번의 얼굴이 보였던 건 잠깐 꾼 꿈 같았다. 내게 그런 행운이 올 리 없었다.

뒤돌아서 걷다가 연필 가게 앞에 섰다. 연필은 초등학교 때 잠깐 썼다. 아침에 깎은 연필은 수업이 다 끝나 갈 때쯤 어김없이 심이 부러지거나 끝이 닳아 있었다. 3학년 때 샤프를 쓰면서부터 연필이 얼마나 불편한지 알았다. 그 뒤로 연필은 단번에 필통에서 밀려났다. 그런데 그런 연필을 판다니, 마법사들이 들른다는 지팡이 가게 같았다. 현실이 아니라 판타지에서 있을 법한, 이 세계가 아닌 다른 세계에서 튀어나온 것 같은 가게였다.

두꺼운 유리문에 기다란 연필 모양 손잡이가 달려 있었다. 문을 열자 땡그랑, 종소리가 울렸다.

"어서 오세요."

계산대 앞에 앉아 있던 여자는 고개를 한 번 들었다가 다시 숙였다. 내가 들어오든 말든 신경 쓰지 않는 듯했다.

작은 가게 한가운데 6인용 탁자가 놓였고, 그 탁자를 둘러싸고 사방이 선반이었다. 선반마다 종이 상자들이 빼곡하게 꽂혀 있었다. 상자 하나를 빼서 열어 보니, 안에 깎지 않은 연필이 열두 자루 들어 있었다. 두 번째와 세 번째 선반을 둘러보았고, 몇 상자는 열어 보았다. 그동안 계산대 앞에 앉은 여자는 아무 말도 하지 않았다. 어디선가 찰칵 소리가 나기도 했지만 우리 둘 말고 다른 사람은 없었다.

여자는 동영상을 틀어 놓고 부지런히 연필을 움직이고 있었다. 연필이 종이 위에서 움직일 때마다 사각거리는 소리를 냈다. 리듬감 있게 움직이는 손목이 눈길을 끌었다.

"여기 연필은 다스로만 팔아요?"

"낱개로도 팔아요. 그리고 다스는 일본어에서 온 표현이니까 그냥 열두 개 한 묶음이나 '한 타(打)'라고 부르는 게 더 좋아요."

연필 열두 자루를 이르는 말은, 영어로 '더즌(dozen)'이다. 나는 여태껏 '다스'가 열두 개를 묶는 단위라고만 기억했지, 그 단어가 더즌의 일본식 영어라는 사실은 처음 알았다. 무뚝뚝한 말투에 나에 대한 관심은 없는 듯했지만, 자신이 팔고 있는 연필에 대한 자부심은 높아 보였다. 계산대 위에 명함이 놓여 있었다.

'연필 가게, 홍조'

"이게 사장님 성함이에요?"

"그냥 홍조라고 불러요. 이름 아니고 닉네임이에요. 이름 불리는 거 별로 안 좋아하고, 요즘 이름 여러 개 쓰는 게 대세니까!"

이름보다 닉네임이라, 신선했다. 굳이 이름을 부르지 않아도 된다면, 나 또한 번호 대신 닉네임으로 불러도 괜찮겠다 싶었다. 나는 홍조를 찬찬히 살폈다. 무테안경과 긴 머리, 뺨에 도는 붉은기가 눈에 들어왔다. 나머지는 잘 보이지 않았다.

홍조는 내가 고른 연필을 집어 들고 꼼꼼히 훑었다.

"HB, 가장 흐린 연필이네요. 게다가 흑심과 나무, 표면까지 모두 검은색이고……. 손님은 겉과 속이 같은 사람인가 봐요."

"이 연필들이 다 같지 않다고요?"

홍조가 16절지 스케치북 위에 놓인 연필 세 개를 들었다.

"이건 손님이 고른 것과 같은 HB."

스케치북 위로 연필이 지나갔다. 쓱, 가늘고 긴 줄이 그어졌다.

흐릿한 선이었다.

"그리고 이건 3B."

그 옆에 있던 연필이 또 지나갔다. HB가 그린 선 옆으로 조금 더 굵고 선명한 선이 생겼다.

"6B."

스케치북에 닿는 소리가 묵직했다. HB보다 선명하고 무거웠으며, 흑연이 종이를 장악하는 능력도 뛰어났다.

"여기 있는 연필들에 있는 기호는 굵기와 무르기 정도에 따라 매겨진 거예요. 그런데 그중에서 딱, 얇고 가는 연필심을 골라 왔네요. 이걸로 드려요? 한 자루?"

나는 마른침을 꼴깍 삼켰다. 연필 한 자루를 고르는 게 이렇게 힘들 줄이야. 지금까지 연필은 다 같은 것이라 여겼다. 내가 아는 연필은 HB와 4B 정도였다. HB를 고른 건 익숙해서였다. 4B는 그림을 그릴 때 스케치하는 연필, HB는 필기용 연필로 생각했기 때문이다.

"어릴 때도 HB를 썼나요?"

"그랬던 것 같아요, 확실하지는 않지만 익숙한 걸 보면."

"그랬군요."

홍조는 내가 고른 연필을, 나는 홍조가 그리고 있는 그림을 보았다. 홍조는 연필로 사람을 그리고 있었다. 입, 코, 눈이 보였다. 나는 홍조와 그림을 번갈아 보았다. 홍조의 얼굴은 보이지 않았지만 그림은 보였다.

"직접 그림도 그리시네요?"

"아, 취미로. 계산할래요?"

나는 연필 값을 치르고, 필통에 연필 한 자루를 넣었다.

"저기…… 연필깎이도 팔아요?"

"아, 연필깎이는 이쪽."

홍조가 계산대 아래를 가리켰다. 연필 하나를 끼워서 깎는 단순한 것부터 깎인 부스러기가 아래에 있는 통으로 들어가는 것, 연필 두 개를 한꺼번에 깎을 수 있는 전동 연필깎이, 초등학교 교실에 있던 커다란 연필깎이까지 종류가 다양했다. 그리고 그 옆에 문구용 칼도 있었다.

칼을 만지작거리자 홍조가 자기 연필을 보여 주었다.

"나는 칼로 깎거든요. 원하는 걸 고르세요."

학교에 칼을 들고 다니지는 못하지만, 집에 커터 칼은 있다. 조금 쓰다가 날이 무뎌지면 칼 뒤편에 있는 도구를 이용해서 금대로 자르고 새 날로 쓰곤 했다. 가게에는 커터 칼뿐만 아니라 칼날을 접을 수 있는 문구용 칼도 있었다.

"이걸로 할게요."

"깎아 본 적 있어요?"

"아뇨. 연필깎이만 썼어요."

나는 커다란 연필깎이를 가리켰다. 홍조는 흘깃 보고는 고개를 끄덕였다. 그런 다음 자신의 연필을 집어 작은 종이 상자 위에 서 띄우듯 잡았다. 그러고는 칼로 쓱쓱 깎았다. 나무는 저항 없이 깎여 나갔고, 흑심이 서걱거리며 가루를 흘렸다. 홍조는 연필심을 길게 깎았다. 자신은 그림을 그리기 위해서 연필심을 길게 깎았지만 내 것은 이 정도로 길게 깎지 않아도 된다는 당부를 덧붙였다.

연필 가게를 나온 뒤 나는 뒤돌아섰다. 어쩐지 홀린 기분이었다. 이런 가게가 있는 것도 신기한데, 연필까지 사다니!

25번은 여전히 내 주변을 맴돌았다. 어떤 날은 학교 가는 길에 만났고, 쉬는 시간에 내 자리로 왔고, 수행평가 때문에 자료를 같이 찾자며 도서관으로 끌고 갔고, 아직 범인이 잡히지 않았다는 핑계를 대며 하굣길에 동행하길 요구했다.

교실에서 있는 듯 없는 듯 조용하게 지냈던 나는 25번 때문에 반 아이들 눈에 띄기 시작했다. 누군가는 내게 25번의 남자 친구라고 했고, 누군가는 25번이 나를 스토킹한다고 했다. 5번과 10번은 그런 나를 보며 웃었고, 13번은 자기만 빼놓고 둘이 친해진 게 억울하다고 투덜거렸다.

수행평가를 준비하는 과정은 매끄럽지 않았다. 10번이 각자가 해야 할 역할을 나누었는데, 나한테도 꽤 많은 부분을 맡겼다. 나는 그렇게까지 많이 할 생각이 없었다. 애초에 수행평가 자체에

별 의미를 두지 않았기 때문에, 그런 부담이 짐처럼 나를 짓눌렀다. 그런데도 군소리하지 않고 지금껏 따라온 건, 내가 이름을 부르지 않아도 그들은 개의치 않았기 때문이다. 단톡방에서 단답형으로 '응'이라고 해도 딴지를 걸지 않고, 대충 조사한 내용에도 감탄하는 10번과 25번 때문에 내가 조사한 내용이 그렇게 훌륭했던가 다시 돌아보곤 했다.

연필 가게에 두 번째 들렀을 때, 홍조는 여전히 그림을 그리고 있었다. 차이가 있다면 가게 안으로 들어선 나를 알은체하며 빙그레 웃어 주었다. 나는 홍조가 웃는 입술을 보았고, 다시 얼굴이 겹쳐지기 전에 그 모양을 머리에 새겼다. 덜컥 겁이 났다. 갑자기 사람들의 얼굴이 보이지 않았을 때처럼, 또 다른 일이 생길까 봐 두려웠다. 나는 이미 뭉개지고 희미한 얼굴을 보는 데 익숙해지려 애쓰고 있었다. 홍조가 내게 말을 걸었다. 이번에는 목소리가 겹쳐 들렸다. 강민아, 나강민! 나한테 올 수 있어? 나 지금…….
눈밑이 파르르 떨렸다. 나를 불렀던 그 목소리가 시도 때도 없이 나를 삼켜 버리면 어쩌지. 나는 홍조의 웃음이 반가우면서도 두려웠다.

선반을 훑어본 뒤에 계산대로 가서 홍조가 그리고 있는 그림을 뚫어져라 보았다. 홍조가 다시 말을 걸었다.

"살 만한 연필이 없어요?"

"그게……. 깎아 보니까 겉과 속이 다르던데요."

홍조가 연필을 놓았다. 그러고는 두 손을 턱에 대고 내게 눈길을 고정하는 것 같았다.

"검긴 한데 표면에 있는 검은색은 광택이 있고, 안에 있는 나무는 진회색에 가깝고, 연필심은 검은색이었다가 회색이었다가 하던걸요."

홍조가 엄지와 중지를 탁 튀겼다. 경쾌한 소리가 가게 안을 울렸다.

"그게 연필만의 매력이죠. 그래서 이런 그림도 가능하고요."

"미대 나오셨어요? 화가예요?"

"미대 나온 사람만 그림을 그릴 수 있나요?"

"아……. 그렇군요."

"누구나 그릴 수 있어요. 안 할 뿐이지. 한번 도전해 볼래요?"

홍조가 자그마한 종이를 내밀었다.

"우리 단골손님이 유료 앱에 초상화 그리기 콘텐츠를 제공하거든요. 나한테 초대권을 줬는데, 딱 석 장. 내가 하나, 또 한 사람이 하나 썼고, 마지막 남은 하나는 그쪽이 해 볼래요?"

"어떻게 하는 거예요?"

"그냥 앱에 접속해서 따라 하면 돼요. 어렵지 않아요. 나도 처음 그리는 건데, 어때요?"

잘 그렸다고 우기긴 힘들었지만 그렇다고 나쁘지도 않았다. 홍조가 그린 사람은 눈이 컸다. 또 쌍꺼풀이 없고, 콧망울이 두둑했으며 머리가 길었다. 눈, 코, 입 구별이 가능한 그림이 나를 떨리게 했다. 이게 정말 가능할까, 평생 희미한 얼굴만 봐야 하는 줄 알았는데.

나는 한다, 만다는 대답 없이 초대권을 받아들었다. 그러자 홍조는 초상화 강의를 듣는 데 필요한 연필 세 자루를 추천했다. 한 자루는 이미 샀고, 나머지 두 자루를 샀다.

자신의 얼굴을 드러내지 않는 강사는 조용한 말투로 조곤조곤 설명했다. 손에 힘을 주고, 빼고, 다시 주고, 뺐다. 선을 긋는 것도 요령이 필요했다. 그러다 눈을 그렸고, 코와 입을 그렸다. 어떤 부분에서는 뾰족하고 흐린 연필로 그리고, 또 어떤 곳에서는 뭉툭하고 진한 연필로 그렸다. 때로는 진한 연필로 선을 그은 뒤 손으로 뭉갰다. 그러면 색연필로 칠한 것처럼 회색 바탕이 나타났다. 연필심이 품고 있는 검은색 뒤로 은색 빛이 돌았다.

홍조가 연필에 빠진 이유를 알 것 같았다. 많은 사람들이 샤프를 선택하면서 연필은 뒤로 밀려났다. 하지만 연필은 은은하면서 다양한 색깔을 품고 있었다. 은색, 연회색, 회색, 짙은 회색, 검은색까지 연필 한 자루로 다 낼 수 있었다. 샤프로는 그런 색을 내기 힘들었다.

내가 그린 그림을 앱에 올리면, 강사가 어디를 고쳐야 한다고 알려 주었다. 처음 그린 얼굴 윤곽에는 잘했다는 칭찬과 함께 더 뚜렷하게 그리면 좋겠다고 조언했다. 그러고 보니 내가 그린 그림은 흐릿했다. 흰 종이에 연필 선이 지나간 정도에 그치는 수준이었다. 연필에 주는 힘을 조절해야 하고, 선 긋기를 더 열심히 해야 한다는 말에 고개를 끄덕였다. 강사는 내 얼굴을 모르고, 나도 강사 얼굴을 모르지만 어쩐지 바로 옆에서 속삭이는 것 같았다.

몇 번 연습해 봤지만 얼굴 윤곽은 여전히 흐릿했다. 다른 사람들이 그린 그림은 눈, 코, 입이 또렷한데, 내가 그린 이목구비는 희미했다. 진하게 그리려고 연필을 잡은 손에 힘을 주면 연필심이 툭 부러지거나 종이가 패었다. 나는 눈을 똑바로 보려고 애썼다. 코를 드러내려고 선을 그었다. 입술의 위치를 잡으려 연필을 종이에 마찰시켰다. 그림을 그리는 순간만큼은 그 얼굴도, 그 소리도 나를 덮치지 않았다. 하지만 연필을 놓는 순간 다시 얼굴이 보이고, 소리가 들렸다.

'강민아, 나강민! 나한테 올 수 있어? 나 지금 옥상인데……. 야, 진짜라니까.'

혼자 있을 때는 더 또렷하게, 구간 반복하듯이 자주 들렸다. 이어폰을 꽂고 노래를 틀어도 소용없었다. 그 소리는 밖이 아니라 내 안에서 새어 나왔다. 처음에는 미안했고, 다음에는 억울했고, 이제는 사과하고 싶었다. 미안해, 미안해, 미안해. 그래도 증상은 나아지지 않았다.

"졸업만 해, 응?"

전학한 학교로 첫 등교를 하던 날, 엄마가 다짐하듯 몇 번이나 말했다. 나는 큰 의미 없이 고개를 주억거렸다. 졸업이야 시간만 보내면 가능한 일이니까 얼마든지 할 수 있으리라 믿었다. 하지만 그 망할 시간이 흐르지 않았다. 나는 늘 그 시간, 그 자리에서 있었다.

5번이 새로운 자료를 가져왔다. 그 자료는 지금까지 모둠에서 준비한 내용에서 주제가 살짝 벗어났지만 흥미로웠다. 사회적 기업으로 설립되었으나 문을 닫은 회사들을 조사한 자료였다. 문제는 그다음에 일어났다. 5번이 내가 조사한 자료가 발표 주제에서 벗어난다며 딴지를 걸었다. 그러자 13번이 고개를 갸우뚱했다. 25번이 더 넓게 보라고 조언했지만, 5번은 자기 뜻을 굽히지 않았다. 10번은 팔짱을 낀 채 듣기만 했고, 나 또한 입을 열지 않았다.

"어쨌든 같이하는 수행평가인데 결이 안 맞으면 곤란하잖아. 그러니까 강민이 건 빼고 갈까?"

5번이 단호하게 말했다. 25번이 말도 안 된다며 소리를 질렀다. 10번이 손을 뻗어서 흔들었다.

"나는 강민이가 조사한 자료 괜찮았어. 그런데 재환이가 낸 의견도 인정해. 그러니까 오늘 자정까지 다들 생각해 보자."

"뭘 한밤중까지 생각해? 모레까지 제출해야 하잖아. 야, 김재환. 그러는 넌 강민이만큼 조사했어? 아니잖아!"

25번이 발끈했다. 그건 내가 하고 싶은 말이었다. 5번이 조사한 자료에는 핵심이 담겨 있었지만 파워포인트로 2장 정도 나올 양이었다. 내가 조사한 자료는 3일 전에 단톡방에 올렸고, 5번은 오늘 새벽에 올렸다. 학원 숙제가 밀려서 수행평가에 매달릴 수 있는 형편이 아니라고 했다. 그러나 과제는 양으로만 평가할 수 없다. 이럴 때는 어떻게 해야 하는지 방법을 몰랐다.

"넌 왜 가만히 있었어?"

집으로 돌아오는 길에 25번이 물었다.

"그냥."

"그냥이 뭐야, 김재환이 삐딱선을 탔잖아. 늦어서 미안하다는 말 한마디면 될 걸 왜 널 걸고넘어져?"

25번은 얼굴까지 붉히며 소리를 높였다. 그런 25번이 고마우면서 두려웠다. 전에도 내 일에 열을 내면서 대신 화를 내던 친구가 있었다. 하지만 그 일이 벌써 까마득한 옛날처럼 느껴졌다.

"참, 어제 살인 사건 용의자가 잡혔는데 남편이었대."

"……."

"엄마도 그 남자를 본 적 있는데, 평범한 사람이래. 너무 무섭지? 그런 사람이 살인자라니!"

나는 제자리에 섰다. 앞서 걷던 25번이 내 옆으로 다가오려고 뒤돌아섰다. 나는 손을 뻗어서 휘저었다. 더는 다가오지 말라고 했다. 다시 내 곁으로 온다면 소리를 질러 쫓아 버릴 것 같았다. 어쨌든 25번은 나를 친구로 대했으니 예의를 갖추고 싶었다.

"아직 용의자라며?"

"어? 그, 그렇지."

"용의자를 살인자라고 하면 안 되잖아. 그 사람이 살인자가 아닐 수도 있으니까. 만약 아니라면?"

"아니면 다행이지."

"아니, 그게 아니라……."

나는 뒤돌아섰다. 아무 말도 듣고 싶지 않았다. 25번이 쿵쾅쿵쾅 걸음을 옮겼다. 내 편을 들어준 25번을 화나게 했지만 그건 해야 할 말이었다. 내가 오해받는 건 참을 수 있지만 25번이 한 말은 참을 수 없었다.

연필 가게는 아직 열려 있었다. 연필심이 계속 부러져 세 번 연달아 깎다가 열불이 나서 뛰쳐나온 길이었다. 가는 도중에 소나기가 내렸고, 나는 우산 없이 계속 걸었다. 머리를 적시고 옷이 젖고, 신발이 축축해졌다. 오히려 시원했다.

홍조는 여전히 그 자리에 앉은 채 그림을 그리고 있었다. 홍조가 알려 준 앱에서는 수강생이 댓글로 자신이 그린 그림을 올리면 강사가 어떤 부분을 더 신경 써야 하는지 알려 주는데, 홍조가 그린 그림은 한 번도 보지 못했다. 처음 만났을 때 그린 그림부터 가끔 들를 때 본 것, 그리고 지금 그리는 것까지 모두 낯설었다. 홍조는 열심히 따라 그리면서 왜 앱에 올리지 않는 걸까.

다른 날처럼 어서 오라는 인사를 한 뒤, 비에 흠뻑 젖은 나를 보고는 홍조가 계산대에서 나왔다.

"커피, 아니면 차 줄까요?"

"아무거나. 커피 말고요."

"커피 말고, 아무거나 차. 알았어요."

홍조가 농담처럼 내 말을 따라 하고는 전기 주전자에 물을 끓였다. 물이 부글부글 끓는 소리에 내 마음도 부글거렸다.

"저 그림들, 연필 아니고 다른 걸로 그린 거죠?"

"아닌데. 연필로만 그렸어요."

"거짓말. 내가 그린 그림들은 흐리고 뭉개지는데!"

나도 모르게 소리를 버럭 질렀다. 그 소리에 내가 놀라 입을 다물었다. 홍조는 수건을 꺼내 내 머리에 얹었다. 나는 물기를 닦지 않고 그대로 서 있었다.

"감기 걸리겠다."

"진짜 연필이에요? 아니죠? 나만 빼고 다들 거짓말하는 거잖아요. 그럴 줄 알았어. 나한테 다들 왜……."

한번 발동이 걸린 내 화는 홍조가 하는 말을 무시한 채 계속 쏟아져 나왔다.

연필을 세 번 깎고, 손가락을 칼날에 베였고, 연필심이 부러졌고, 얼굴 윤곽은 계속 흐리거나 뭉개졌고, 이목구비 또한 만족스럽지 않았다. 댓글에 달린 다른 사람들의 그림에는 반짝이는 눈, 윤기 있는 입술, 반듯한 얼굴, 매끄러운 머리카락이 살아 있었다.

사실 나는 쭉 화가 나 있었다. 25번이 살인 사건 용의자를 살인자라고 말한 순간 화가 폭발했다. 5번이 내 자료를 의심했을 때부터, 25번이 살갑게 다가왔을 때부터, 수행평가를 같이하자면서 단톡방에 나를 끌어들일 때부터, 뜬금없이 친한 척하면서 10번이 말을 걸었을 때부터, 갑자기 전학할 때부터, 그 전부터 계속 화를 눌러 왔다.

나는 매 순간 희준을 생각했다. 가장 친한 친구, 내 반쪽 같았던 강희준. 그 친구가 갑자기 옥상에서 떨어진 뒤, 마지막까지 통화한 나를 의심한 사람들 때문이다. 내가 희준을 붙잡지 않았다고, 희망을 주는 말을 하지 않았기 때문이라고 비난했다. 나는 희준이 하는 말을 곧이곧대로 믿지 않았다. 죽고 싶다는 말을 대수롭지 않게 넘겼고, 남들이 자기 말을 듣지 않는다는 투덜거림도 무시했다. 나도 그랬으니까, 희준이 남긴 메시지들도 그러려니 했다. 그렇지만 희준은 그 말을 남기고 이 세상에서 사라졌다. 남겨진 내가 떠안을 상처 따위는 생각하지 않은 채.

온갖 추측과 억측이 나를 괴롭혔다. 한 마디씩 내게 던질 때마다 친구들의 이름을 지워 버렸다. 지우고 또 지웠다. 더는 지울 이름이 없어질 때쯤 나는 사람을 구별하지 못했다. 이름을 지우는 것뿐만 아니라 그 사람의 특징까지 모조리 지워야 내가 살 수 있었다. 그렇게 친구들을 흐릿하게 지워 버리자 가족들도 흐릿하게 보였다. 누나와 엄마를 구별하지 못하는 지경에 이르자 엄마는 경악했고, 누나는 하염없이 울었다.

연필이, 얼굴이, 이름이 나를 못 견디게 했다. 자꾸 지워 버린 흔적들을 꺼내려 했고, 그럴수록 희준이 내게 던진 마지막 메시지가 떠올랐다.

'강민아, 나는 개로 태어날 걸 그랬어. 그럼 사랑받고 살았을 텐데…….'

나는 희준에게 무슨 일이 있었는지 몰랐다. 희준이 어떻게 살았는지 알려고 하지 않았다. 더 말하지 않았고, 더 가까이 다가가지 않았다. 그랬던 벌을 받고 있다. 온통 희준으로 가득한 세상에서, 돌아올 수 없는 희준을 생각하며 하루하루를 버티고 있다.

홍조는 흔들림 없이 내 화를 다 받아 낸 뒤, 다시 그림을 그리기 시작했다. 쓱, 쓱, 쓱, 연필이 지나가는 소리가 내 귀에 꽂혔다. 비에 젖은 몸이 덜덜 떨렸다.

그림을 마무리한 홍조가 찻잔을 내게 건넸다. 찻잔은 아직 따뜻했다. 잔을 잡은 손이 주책맞게 떨렸다.

"연필로만, 그릴 수 있어요."

홍조가 그린 그림은 다른 사람이 아닌 바로 나였다. 연필 가게에 처음 들어온 날, 가게 안을 둘러보면서 신기해하던 내 모습이었다. 그날 내가 들었던 찰칵하는 소리는 홍조가 나를 찍은 카메라 셔터 소리였다.

"이름이 뭐예요?"

"나강민이에요."

"나는 강희준."

내가 잃어버린, 지우고 싶은 그 이름과 낯선 사람의 이름이 똑같았다. 순간 화가 녹아내렸다. 그리고 눈물이 터졌다. 다시 부를 수 없을 것 같던 그 이름, 미치도록 보고 싶은 내 친구, 시간을 돌려 막고 싶은 그 순간…….

꺽꺽 울고 있는 내게 홍조는 아무것도 묻지 않았다. 무슨 일이냐고, 그만 울라고, 잊으라고, 다 지나간 일이라고, 산 사람은 살아야 한다고 강요하지 않았다.

"흐리고 뭉개지는 거, 연필의 특징이잖아요."

나는 그림을 다시 보았다. 호기심에 찬 눈빛으로 가게를 둘러보면서 망설이는 아이, 이곳이 어떤 공간인지 묻고 싶지만 참고 있는 아이, 여기에 발을 들일까 말까 고민하길 잘했다고 생각하는 아이, 그 아이가 내 앞에 그대로 나타났다. 흐리거나 뭉개지듯 보이던 내 얼굴이 제대로 보였다.

'자?'

'안 자.'

'아까 미안.'

'아, 괜찮아. 한세영이 미안해.'

'나강민도 사과할게.'

'응? 잠깐, 너 지금 네 이름을 말했다. 그치? 우와!'

'지금 통화할 수 있어?'

'당근!'

메시지를 주고받던 세영이 나보다 먼저 전화를 걸어왔다. 나는 오랫동안 하지 못한 이야기를 털어놓았다. 옛이야기처럼 묻어 두려 한, 내가 한세영이라 부르지 못하고 25번으로 부를 수밖에 없었던 이유를.

"어쩜, 많이 힘들었겠다. 지금은 괜찮아?"

"아니, 조금."

"너 울었구나."

"티 나?"

"응, 근데 괜찮아. 울 수도 있지. 참, 재환이가 조금 전에 나한테 메시지 보냈는데, 다시 보니까 네 자료를 바탕으로 하는 게 좋겠대. 사과하는 의미로 자기가 파워포인트 만들겠대."

"……."

"야, 나강민! 듣고 있어?"

"응. 저기, 내가 사람 얼굴을 잘 못 알아보거든. 그런데 넌 괜찮을 것 같아. 혹시 못 알아보더라도……."

"한세영을 못 알아볼 리 있냐. 만약 그렇다 해도 내가 다시 알려 줄게, 몇 번이고."

그날 밤, 나는 다시 연필을 깎았다. 잘 그리지는 못하겠지만 진짜 희미해진 그 이름, 내가 사랑한 친구, 강희준을 그리기 위해 선을 그었다. 이번에는 윤곽이 제대로 보였다. 흐릿하거나 뭉개지던 선이 제 궤도를 찾아 종이 위를 달리기 시작했다.

작가의 말

갑자기 일상이 흔들렸다. 코로나19 때문이다. 코로나바이러스가 전 세계를 조용하고 강력하게 집어삼켰다. 호되게 앓거나 죽는 사람이 늘어나면서, 이 바이러스를 이겨 내기 위한 노력이 계속 이어지고 있다.

그리고 예기치 않은 이 습격으로 많은 것이 바뀌었다. 비말과 접촉으로 감염되기 때문에 되도록 사람들과 만나지 않아야 하고, 말을 많이 나누지 않아야 하며, 가족이라도 서로 조심해야 했다. 수업과 모임은 비대면으로 바뀌었고, 집에 있는 시간이 길어지다 보니 사람들을 접촉할 기회가 줄어들었다. 친구를 만나 수다를 떨던 시간이 온전히 나 혼자 보내야 할 시간으로 바뀌었다. 하지만 그 시간 동안 뭘 하며 어떻게 보내야 할지 막막해하는 사람들이 늘어났다.

바이러스는 내 삶도 바꿔 놓았다. 작가는 사람들을 이해해야 한다. 사람들이 무슨 생각을 하는지, 어떻게 살아가는지 잘 살펴야 한다. 그런데 코로나19로 그 통로가 막혀 버렸다. 글을 풍성하게 하기 위한 취재도 전화 통화로 바꿔야 했다. 밥 한번 먹자는 약속을 2년째 지키지 못하고 있다. 글을 쓰고 책을 읽는 것은 작가인 내가 늘 하던 일이지만, 그 외 다른 일상이 필요했다. 내가 아닌 다른 사람으로 살아 보는 경험이 필요했다.

이 경험을 가능하게 한 것이 바로 '애플리케이션'이다. 처음에는 애플리케이션으로 운동을 배웠다. 앉아 있는 시간이 길었던 그동안의 습관을 버리고, 많이 움직이며 땀을 흘리고 근육을 키우기 시작했다. 처음에는 느끼지 못했는데, 시간이 갈수록 어깨 결림이 줄어들었다. 그뿐만 아니라 오랫동안 나를 괴롭혀 온 발바닥 통증도 거의 느끼지 못했다.

운동에 재미를 느끼게 되면서 다른 애플리케이션도 기웃거리기 시작했다. 그림을 배웠고, 우드카빙을 했고, 마스크를 만들었고, 칼림바를 연주했다. 심지어 그림은 여러 도구를 다양하게 썼다. 연필로 인물화를 그렸고, 유성 색연필, 수성 색연필, 수채화 물감 등 다양한 방법으로 그림을 그렸다. 사람을 만나지 못하고 집에서 보내야 하는 길고 긴 시간을 나는 그렇게 활용했다.

《오늘 밤 앱을 열면》에 실린 여섯 편의 단편은 그런 배경을 품고 있다. 선생을 직접 만나지 않아도, 내가 배우고 싶은 것을 찾아 해 볼 수 있는 기회가 그곳에 있었다.

단순히 통화와 문자만 주고받는 기능이 아니라, 휴대폰으로 더 많은 것들을 경험하는 세상을 살고 있다. 하지만 이런 긍정적인 기능만 있는 건 아니다. 어떤 애플리케이션은 본래 의도와 달리 나쁘게 쓰이는 경우도 있다. 애플리케이션으로 경험할 수 있는 순기능과 역기능은 여전히 진행되고 있다.

어쨌든 애플리케이션은 사람이 만들었다. 똑같은 칼도 의사는 사람을 살리는 도구로 쓰지만, 누군가는 사람을 상하게 하는 도구로 쓴다. 애플리케이션으로 펼쳐지는 가상 공간은 무궁무진하다. 그 공간을 제대로 활용하기 위해서는 무엇보다 사람에 대한 배려가 있어야 한다.

춤을 배우고 싶고, 그림을 배우고 싶고, 목공을 하고 싶었던 사람들이 그 꿈을 포기하면서 어른이 된다고 한다. 하지만 여러분은 배우고 싶은 것, 하고 싶은 것은 언제든 해 볼 수 있는 어른으로 살기를 바란다. 인생은 길고, 기회는 또 온다. 하지만 그 기회를 잡기 위해 노력해야 한다. 이제 마음만 먹으면 직접 선생을 만나지 않아도 배울 수 있는 세상이니, 뭐든 시작해 보겠다면 다양한 애플리케이션을 활용하는 방법을 권해 본다.

덧붙여 여러분도 학생이 아니라 선생의 위치에서 누군가를 가르칠 수 있다. 경계가 흐려진 가상 공간에서 여러분의 꿈을 마음껏 펼쳐 보길 간절히 바란다.

오늘의
청소년
문학
32

오늘 밤 앱을 열면

초판 1쇄 2021년 6월 18일
초판 2쇄 2022년 6월 13일

지은이 김하은

펴낸이 김한청
기획편집 원경은 김지연 차언조 양희우 유자영 김병수
마케팅 최지애 현승원
디자인 이성아 박다애
운영 최원준 설채린

펴낸곳 도서출판 다른
출판등록 2004년 9월 2일 제2013-000194호
주소 서울시 마포구 양화로 64 서교제일빌딩 902호
전화 02-3143-6478 팩스 02-3143-6479 이메일 khc15968@hanmail.net
블로그 blog.naver.com/darun_pub 인스타그램 @darunpublishers

ISBN 979-11-5633-397-5 44810
978-89-92711-57-9 (세트)